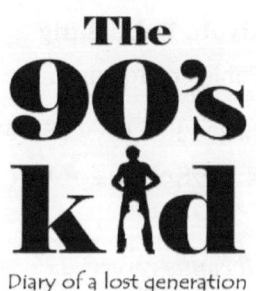

Diary of a lost generation

Das Kind der 90er Jahre

Translated to German from the English version of The 90's Kid

PRATHAMESH MALAIKAR

Ukiyoto Publishing

All global publishing rights are held by

Ukiyoto Publishing

Published in 2024

Content Copyright © PRATHAMESH MALAIKAR

ISBN   9789359206691

*All rights reserved.
No part of this publication may be reproduced, transmitted, or stored in a retrieval system, in any form by any means, electronic, mechanical, photocopying, recording or otherwise, without the prior permission of the publisher.*

The moral rights of the author have been asserted.

This is a work of fiction. Names, characters, businesses, places, events, locales, and incidents are either the products of the author's imagination or used in a fictitious manner. Any resemblance to actual persons, living or dead, or actual events is purely coincidental.

This book is sold subject to the condition that it shall not by way of trade or otherwise, be lent, resold, hired out or otherwise circulated, without the publisher's prior consent, in any form of binding or cover other than that in which it is published.

www.ukiyoto.com

"Allen Kindern der 90er Jahre
gewidmet."

Anmerkung des Autors:

Wann immer wir uns an unsere Kindheit erinnern, versuchen wir, auf alles zurückzublicken, was um uns herum passiert ist. Wir spielen eine Rolle dabei, die Geschichte einer Nation direkt oder indirekt zu schreiben. Wir spielen vielleicht keine zentrale Rolle, wir sind vielleicht nur ein Beobachter, aber wir sehen, wie sich die Welt um uns herum durch unsere unabhängige Wahrnehmung drastisch verändert.

Wie wirkungsvoll ist diese Veränderung in unserem persönlichen Leben und in Beziehungen oder Entscheidungen, die unsere Karriere und unseren Beruf betreffen? Ich wollte immer eine fiktive Saga schreiben, die alle Aspekte der Mikro- und Makrofaktoren umfasst, die unser Leben beeinflussen.

Und endlich ist es da!

Ich habe mein Herz, meine Seele und jeden anderen immateriellen Vermögenswert in die Schaffung der Welt, wie sie von Yash gesehen wird, gesteckt. Yash, bedeutet Erfolg. Aber was ist Erfolg? Kann es wirklich eine pauschale Definition geben? Dies sind einige der Fragen, die ich auf dieser Reise berührt habe.

"The 90's Kid - Diary of a Lost Generation" ist für alle, die in den 90er Jahren aufgewachsen sind und auch für Leser, die gute Geschichten mögen.

PRATHAMESH MALAIKAR
mobil-Nr. : +91 99200 26938
e-Mail-ID : prathameshmalaikar@gmail.com

Inhalt

Kapitel 1	1
Kapitel 2	11
Kapitel 3	21
Kapitel 4	29
Kapitel 5	35
Kapitel 6	40
Kapitel 7	43
Kapitel 8	52
Kapitel 9	61
Kapitel 10	72
Kapitel 11	82
Kapitel 12	96
Kapitel 13	103
Kapitel 14	113
Kapitel 15	122
Kapitel 16	129
Kapitel 17	139
Kapitel 18	151
Kapitel 19	162
Kapitel 20	166
Kapitel 21	181
Kapitel 22	191
Kapitel 23	200

Kapitel 24	206
Kapitel 25	212
Kapitel 26	221
Kapitel 27	233
Kapitel 28	239
Kapitel 29	243

Über den Autor... *249*

Kapitel 1

Sie war weg.

Die Wolken hatten sich gesammelt und der Himmel weinte. Der Regen strömte heftig. Rund zweihundert Menschen hatten sich im Krematorium zu ihren letzten Riten versammelt. Jeder in ihrer Nähe war da. Sie hatte etwas für alle Versammelten getan. Einige von ihnen hatten Schulden, da sie für immer verschwunden war, und sie hatten keine Möglichkeit, ihre Freundlichkeit zurückzuzahlen.

Ihr Tod war ein Schock für ihre Welt.

Sie schien sich nie unwohl zu fühlen, auch nicht in ihren letzten Tagen. Sie schien zu leben, als wäre alles in Ordnung. Nur ihre unmittelbare Familie hatte gewusst, dass sie von innen gebrochen war und nicht mehr viel zu tun hatte. Sie war bis zu ihrem letzten Tag unabhängig und erledigte alle ihre Aufgaben allein. Sie weigerte sich, sich irgendeiner Art von Hilfe von irgendjemandem hinzugeben.

Einer ihrer Mitarbeiter ging auf Yash zu und drückte seinen Unglauben über ihren Tod aus.

"Yash beta. Wie kann das passieren? Wie kann Amma uns alle so lassen? Wir sind verwaist. Zu wem sollen wir aufschauen und wer wird uns so lieben, wie sie es getan hat?"

Yash hatte nichts zu sagen. Er war in seine Welt vertieft und konnte Trauer nicht so ausdrücken wie andere. Dieser Mann weinte untröstlich und alles, was Yash tun konnte, war, ihn anzustarren. Der Mann ist gegangen.

2 Das Kind der 90er Jahre

Yash stand still und schaute auf den Körper, der darauf vorbereitet war, auf den Elektroofen geschoben zu werden.

Yashs Vater, Herr Arvind Kalshekhar, führte die letzten Riten durch. Er war verwirrt. Er hatte seine Frau verloren... der einzige Grund für seine Existenz im Laufe der Jahre.

Herr Kalshekhar war Mitte siebzig. Sein Gesicht war faltig, aber seine Haut strahlte immer noch. Er hatte alle Haare an der Stirn und in der Mitte verloren. An der Seite und am Hinterkopf waren einige Silbersträhne zu sehen. Sein Körperbau war schlank und hatte eine geringere Körpergröße als ein durchschnittlicher indischer Mann. Sein Körper zitterte, ein sichtbares Zeugnis der emotionalen und körperlichen Unruhen, die er in seinem Leben erlitten hatte.

Seine Hände zitterten heftig, als er versuchte, die Leiche in die Spur zu schieben, die zum Elektroofen führte. Einige der versammelten Trauernden waren von Yashs Unwissenheit angewidert. Er wurde gerufen, um seinem Vater zu helfen. Jemand rief ..."Yash... Was zum Teufel machst du da? Komm her und hilf deinem Vater."

Yash ging widerwillig zum Ofen, da es keine andere Wahl gab. Er stand neben seinem Vater und wartete damit der Körper vollständig in den Ofen gleitet. Die Ofentüren schließen sich.

Der Arbeiter im Krematorium informierte: „Der Ofen wird ein paar Stunden brauchen, um die Leiche zu verbrennen und abzukühlen. Jemand kann nach 5-6 Stunden für die Asche kommen."

Einer nach dem anderen begannen die Leute zu gehen, nachdem sie sich getröstet hatten

Herr Kalshekhar. Seine Familie hatte keine guten Beziehungen zu ihm. Seine Brüder nahmen aus Gründen der Formalität an den letzten Riten teil. Sie gingen, sobald die Riten mit typischer Kondolenzrhetorik durchgeführt wurden.

"Arvind... du weißt sehr wohl, dass wir alle bei dir sind. Wann immer du etwas brauchst, zögere nicht zu fragen. Wir werden alles andere beiseite lassen und bei dir sein. Schließlich sind wir eine Familie. Wir sind durch Blut verbunden."

Yash machte sich nicht die Mühe, einen seiner Onkel zu begrüßen. Er war stationär.

Selbst nachdem alle gegangen waren, beschloss Herr Kalshekhar, dort zu bleiben. Er saß allein auf der Bank. Yash sah ihn von weitem. Er ging auf ihn zu."Papa, wir sollten jetzt gehen. Alle sind gegangen. Ich werde Gajju schicken, um die Asche aufzuheben. Wir brauchen hier nicht zu warten. Es fühlt sich hier nicht richtig an. Wir sollten besser zurückkommen."

"Ich kann immer noch nicht glauben, dass sie nicht mehr bei uns ist. Wir haben gestern Abend gesprochen. Sie war wie immer wütend. Ich sagte ihr, sie solle sich in diesem Alter nicht so aufregen. Es ist nicht gut. Aber hat sie jemals auf mich gehört? Sie hat immer getan, was sie musste, und jetzt ist sie weg, aber was ist mit mir?"

Yash war von seinem trauernden Vater unbeeindruckt. Er versuchte jedoch sein Bestes, um seinen Vater zu trösten.

„Papa, das Leben ist unberechenbar. Wir müssen akzeptieren, was auf uns zukommt. Haben wir eine Wahl?"

Herr Kalshekhar war von Yashs Gleichgültigkeit nicht überrascht. Ja, er hat erwartet, dass Yash in diesem tragischen Moment emotional verfügbar und ausdrucksstark ist.

"Bist du nicht davon betroffen? Sie ist doch deine Mutter. Ich weiß, dass die Dinge nicht so gelaufen sind, wie wir es erwartet hatten. Trotzdem hast du 25 Jahre bei uns gelebt, oder? Tut dir ihr Tod nicht weh?"

Yash wollte jetzt nicht streiten. Er versuchte nicht absichtlich, gleichgültig zu sein. Er fühlte einfach keinen Schmerz, das ist alles.

"Papa... wir sollten ernsthaft etwas unternehmen."

Herr Kalshekhar nickte bejahend. Yash drehte sich um und begann, sich auf den Parkplatz zuzubewegen.

Yash war auf der falschen Seite von 30. Ein Mann, der keine erfolgreiche Geschichte hatte. Er hat viele Dinge im Leben ausprobiert, aber kommerziell ist ihm nichts gelungen. Das Alter zeigte sich an seinem Körperbau. Früher war er in seiner Jugend schlank, aber in den letzten Jahren war er aufgewölbt. Sein Gesicht und seine Haut waren noch jugendlich.

Wenn man sich jedoch seine Körpersprache ansieht, könnte man sein Alter erkennen. Sein Haar war von den Seiten ergraut. Seine Augen spiegelten einige tiefe Schmerzen wider. Aber der Verlust seiner Mutter gehörte nicht zu den Ursachen dieser Schmerzen.

Herr Kalshekhar und Yash saßen nebeneinander im Auto. Niemand sprach ein einziges Wort.

Herr Kalshekhar versuchte immer noch, mit seinem Verlust fertig zu werden. Er holte ein Taschentuch aus der Tasche und wischte sich ab und zu die Augen ab. Sein Sohn war körperlich neben ihm, aber emotional zu weit weg, um seine Trauer teilen zu können. Sobald sie nach Hause kamen, kam die Haushilfe Gajju, die bei der Familie lebte, um sie zu empfangen.

Die Kalshekhars lebten in einer großzügigen 4-BHK-Wohnung in einem Township in der Nähe von Panvel. Das Township war weit weg vom Trubel der Stadt. Es war ein ruhiger, ruhiger Ort, der sich für Senioren eignete. Die Kalshekhars hatten dort in den letzten 10 Jahren gelebt. Ein Zimmer war für Yash reserviert, damit er kommen konnte, wann immer er Zeit mit seinen Eltern verbringen wollte. Aber Yash war nie aufgetaucht.

Dies war das erste Mal, dass Yash dieses Haus betrat. Die Ironie der Situation wurde von familiären Freunden und Nachbarn bemerkt. Er war erst gekommen, nachdem seine Mutter für immer gegangen war.

Gajju ließ Yash in seinem Zimmer nieder. Herr Kalshekhar zog sich ebenfalls in sein Zimmer zurück. Gajju überredete beide, etwas zu essen. Herr Kalshekhar zögerte, aber Gajju schaffte es, ihn zu überzeugen. Yash war zu aufgeregt und konnte nicht viel essen. Er verließ den Esstisch und ging in sein Zimmer, wo er die Tür verriegelte. Herr Kalshekhar schaffte es irgendwie, sein Essen zu beenden und sich wieder auszuruhen.

Er überprüfte sein Telefon. Es war voller verpasster Anrufe und Beileidsbekundungen. Er antwortete auf keine Nachricht. Er war zu ausgelaugt. Viele Bekannte hatten ihm geschrieben, dass sie ihn in den nächsten Tagen treffen würden. Herr Kalshekhar konnte eine hektische Woche voraussehen. Er entschied, dass er sich ausruhen musste.

Herr Kalshekhar wachte am nächsten Morgen früh auf. Dies war der erste Morgen in all den Jahren, in denen er ohne Nilima war. Gajju brachte ihm seinen normalen Morgentee. Er und Nilima tranken immer Morgentee zusammen, danach gingen sie spazieren. Aber heute war er ganz allein.

Er sah Yash aus seinem Zimmer kommen. Yash war bereits eingepackt und bereit zu gehen. Er begrüßte seinen Vater und informierte ihn, dass er gehen würde. Yash arbeitete als sozialer Aktivist bei einer NGO. Die NGO wurde von einigen seiner Freunde gegründet, die sich im Ausland niedergelassen hatten, und Yash leitete ihre Aktivitäten in Indien.

"Papa. Ich denke, ich sollte loslegen. Meine Arbeit ist aufgestapelt. Ich muss ein paar Dinge in Gang bringen. Also muss ich gehen. Ich hoffe, es ist in Ordnung für dich."

Herr Kalshekhar brauchte zumindest für die nächsten Tage etwas Gesellschaft. Er war seit vielen Jahren nie mehr allein gewesen. Aber er hatte keine Worte, um seinen Sohn aufzuhalten. Er spürte, dass da eine unsichtbare Mauer zwischen ihnen war. Aber er versuchte es.

"Yash... Es wäre gut, wenn du ein paar Tage bleibst. Aber ich verstehe es. Du hast deine Prioritäten." Herr Kalshekhar sagte dies mit einem Klumpen, der sich in seiner Kehle aufbaute.

Yash bewegte sich zur Tür und die Türklingel klingelte. Gajju öffnete die Tür. Sandhya und ihr Mann Ravi stürmten herein. Sie waren die engsten Freunde der Kalshekhar. Sie waren sogar mehr als eine Familie. Sandhya und Ravi begrüßten Herrn Kalshekhar und Yash. Yash hatte es eilig zu gehen. Er begrüßte Sandhya und Ravi und dankte ihnen für ihr Kommen und bat um Entschuldigung. Yash berührte die Füße seines Vaters und ging.

Die Augen von Herrn Kalshekhar waren voller Tränen. Sandhya und Ravi spürten die emotionale Schwere der Situation.

"Arvind, du musst akzeptieren, dass Nilu nicht mehr ist. Yash kann nicht so weit in Isolation bleiben. Er muss trauern, aber er ist nicht bereit, mit dir zu trauern ", sagte Sandhya, der versuchte, Herrn Kalshekhar zu trösten.

"Schau, was mit uns passiert ist. Nilu gibt es nicht mehr, und Yash spürt den Verlust nicht einmal. Wir sind seit Jahren für ihn tot." Herr Kalshekhar brach in Tränen aus.

"Wie ist es dazu gekommen?

Irgendetwas muss zwischen euch passiert sein." Fragte Ravi neugierig und besorgt.

Sandhya fügte hinzu: „Arvind, du solltest dich öffnen. Das kann nicht ewig so weitergehen."

"Ich bin es nicht, der die Unterstützung braucht. Es ist Yash. Er ist seit Jahren emotional von uns getrennt." Herr Kalshekhar antwortete in einem besorgten Ton.

"Okay Arvind, dann sollten wir alle Yash fragen. Ich denke, das wird hilfreicher sein." Sagte Sandhya mit Zuversicht.

Sandhya und Ravi kontaktierten alle engen Freunde der Familie Kalshekhar, die einst Yash nahe standen. Sie nahmen auch Kontakt mit Niranjan auf, dem einzigen engen Freund von Yash in Indien. Sandhya plante in der folgenden Woche ein Treffen im Haus des Kalshekhar.

"Yash, hier ist Sandhya. Bist du frei zu reden?" Sandhya namens Yash.

"Ja, Tante. Sag es mir."

"Yash, wir treffen uns alle nächste Woche, und wir werden keine rituellen Sachen machen. Ich weiß, dass es dir nicht gefällt. Wir treffen uns nur, um unsere Verbindung zueinander wiederzubeleben. Ich fordere Sie auf, sich uns anzuschließen."

Sandhya versuchte Yash zu überzeugen.

"Tante, es ist Jahre her, ich habe mit niemandem Kontakt gehabt. Aber wenn du darauf bestehst, werde ich es tun."

Yash bestätigte seine Anwesenheit.

Der Tag des Treffens kam und Yash erreichte pünktlich, wie versprochen. Sandhya, Ravi, Niranjan und Yashs alte Hausmeistertochter Avani, die Yash wie eine Schwester behandelte, hatten sich versammelt. Einige

Verwandte von Herrn Kalshekhar, die mit ihnen in Kontakt standen, schlossen sich ebenfalls an.

Sandhya begann mit der Frage: „Wie geht es dir, Yash?"
"Mir geht es gut, Tante?", antwortete Yash formell.

"Yash, ich frage dich wirklich. Du musst es nicht sagen, um es zu tun.

Ich weiß, dass wir nicht alle deine Probleme angehen können, aber du musst dich äußern. Deine Mutter ist verstorben, ohne zu verstehen, warum du sie verlassen hast. Du kannst dich nicht selbst belasten. Du kannst uns sagen, wo wir in deinem Leben alles falsch gemacht haben." Sandhya flehte Yash fast an.

"Von wo soll ich anfangen? Jetzt ist alles verloren. Was ist der Sinn?" Fragte Yash aufrichtig.

„Beginnen Sie von Anfang an, Yash. Wir sind alle hier, um Ihnen zuzuhören. Lass dich raus." Sandhya versprach.

"Tante, ich werde nicht in der Lage sein, alles zu erzählen, da ich seit Jahren emotional weit von euch entfernt bin. Und ich bin auch kein guter Redner. Aber wenn Sie immer noch meine Seite der Geschichte kennenlernen möchten, habe ich alles in meinem Tagebuch dokumentiert. Es ist in digitaler Form und ich habe absolut keine Probleme, es mit euch allen zu teilen." Behauptete Yash.

"Ist das für alle Anwesenden akzeptabel?" Fragte Sandhya. Alle nicken bejahend.

"Bruder, du solltest dich irgendwann öffnen. Sonst wird es schwer für dich." Sagte Niranjan mit Besorgnis.

"Ich werde mich öffnen, aber nur, wenn ich mich wirklich von innen fühle. Heute danke ich euch allen von ganzem Herzen, dass ihr für mich und meinen Vater da seid. Ich habe mein Tagebuch mit Ihnen geteilt, das alles dokumentiert. Ich habe versucht, mich nach besten Kräften auszudrücken. Ich hoffe, Sie werden meine Version dessen sehen, was sich im Laufe der Jahre abgespielt hat."

Yash drückte seine Dankbarkeit aus und alle gingen zum Mittagessen.

Nach dem Mittagessen gab Sandhya allen eine Frist von 15 Tagen. Es wurde beschlossen, dass jeder in den nächsten 15 Tagen Yashs Tagebuch lesen und dann Yash zu einer Interventionssitzung treffen würde. Alle, einschließlich Yash, stimmten dem zu.

Yash hatte seine Emotionen in das Tagebuch geschrieben.

Es war, als würde er die Geschichte seines Lebens von Angesicht zu Angesicht erzählen.

Kapitel 2

Yashs Tagebuch~

Ich habe kein episches Leben gelebt.

Ich habe jedoch das Gefühl, dass meine Geschichte bei jedem Menschen, der in der Zeit zwischen Mitte der 80er und Anfang der 90er Jahre geboren wurde, Anklang finden wird, und sie wird auch diejenigen auslösen, die davor geboren wurden. Die Leute nennen uns die „Millennials" oder die Kinder der 90er Jahre.

Wir haben das gleiche Leben gelebt, wir haben die gleichen Kämpfe und Enttäuschungen durchgemacht. Unsere Generation war von den 3 Cs befallen...

WETTBEWERB, VERGLEICH & KOMPROMISS.

Man kann sagen, dass unsere Generation einen umgekehrten Midas-Touch hat. Etwas so Kostbares wie Gold kann zu Staub werden, wenn wir es berühren. Während unserer kurzen Lebensspanne bis heute hat auch unsere Nation viele Höhen und Tiefen durchgemacht, und wir alle waren irgendwie davon betroffen. Die Politik der Regierung auf Makroebene wirkt sich auf unsere Mikroexistenz aus.

Die Stabilität der Regierung im Zentrum, unsere Beziehungen zu den Nachbarländern, Erfolge im Sport, das Wachstum der Unterhaltungsindustrie, die Revolution im IT- und Telekommunikationssektor, die Bigotterie und der Hass in der Politik sind einige der vielen Themen, die unser Leben indirekt betreffen, ohne dass wir es überhaupt merken.

Wir alle wurden zu der Zeit geboren, als Indien als liberalisierte Nation wiedergeboren wurde. Unsere Reise geht also Hand in Hand mit der des „New India". Wir alle teilen unsere Geschichte mit dem aufstrebenden Indien. Es gibt Momente der Freude, der Errungenschaften, des Schmerzes, des Versagens, des Ekels, des Verrats, des Hasses, der Liebe, der Provokation und der Verzweiflung. Wie wir hat auch die Nation in den letzten dreieinhalb Jahrzehnten die gleichen Emotionen durchgemacht. Um den Kern des Problems zu verstehen, werde ich von Anfang an beginnen."

Ich wurde in Dombivli geboren und die älteste Erinnerung, die ich habe, ist, dass ich kurz vor meinen Abschlussprüfungen für die erste Klasse krank wurde. Es war so eine große Sache...der erste Wendepunkt in meinem Leben.

Ich hatte Fieber, das nicht zurückging. Ich hatte eine Virusinfektion entwickelt, für die ich mich in Behandlung befand. Da ich in meinen vorherigen Prüfungen gut abgeschnitten hatte, war es für mich nicht obligatorisch, für das Finale zu erscheinen. Aber meine Prüfungen zu verpassen, würde bedeuten, die Gelegenheit zu verpassen, als Erster in der Klasse zu stehen.

Mama fragte: „Yash betu, wir müssen im Finale an erster Stelle stehen na?... Die Schule wird uns einen großen Preis geben... Du willst den großen Preis na?

Also, du musst die Prüfungen ablegen... Wir werden dein Fieber wegschießen und es wird verschwinden."

Wie jedes gehorsame 5-jährige Kind sagen würde: „Ja, Mama. Ich will den großen Preis." Antwortete ich.

Mein Fieber ging vor den Prüfungen zurück. Ich gab die Prüfung ab und stand an erster Stelle, um den "Großen Preis" von der Schule zu erhalten, damit meine Eltern stolz gehen konnten. Der Punkt, den ich hier anspreche, ist nicht, dass ich fit genug war, um die Prüfung zu schreiben und an erster Stelle in der Schule zu stehen. Hier geht es um Prioritäten. Der Maßstab dafür, ein gutes Kind zu sein, waren die Prüfungsergebnisse.

Wir belasten uns durch Schmerzen, Krankheit und sogar Tragödien, damit wir keine Gelegenheit verpassen, andere zu überstrahlen. Ich wurde nicht anders erzogen. Die meisten Kinder hatten gebildete Eltern, die ihre Kinder in einem so frühen Alter durch diesen Teufelskreis des Wettbewerbs brachten.

In eine bürgerliche Familie hineingeboren zu werden, sorgt für eines. Die Werte wie Freiheit, Befreiung und Individualismus können in Ihrem Leben in den Hintergrund treten. Alles, was zählt, ist, was die Leute über dich denken. Wir lassen uns von den Menschen um uns herum beurteilen. Der Ruhm einer Familie hängt davon ab, wie gut Sie von Verwandten und Kontakten in Ihrem sozialen Umfeld gelobt werden. Von Kindheit an sind wir dazu ausgebildet, Sklaven des Bildes zu sein, das unsere Familien für uns schaffen. Wir müssen Gewinner sein, seien es Akademiker, Sportler, jede lästige Pflicht oder kulturelles Streben.

Es gibt zwei Arten von Kindern, diejenigen, die sich allem widersetzen und nach ihren Entscheidungen leben wollen, und dann gibt es diejenigen, die sich dem elterlichen Druck ergeben. Sie befürchten, dass die Verletzung ihrer Eltern schwerwiegende Auswirkungen haben wird auf ihre Beziehung zu ihrer Familie. Ich gehörte zur zweiten Kategorie.

Ich konnte mich vor meiner Familie kaum ausdrücken. Mir wurde alles gegeben, was ich brauchte, in der Tat mehr als ich brauchte. Wenn ich 2 Stifte brauchte, bekam ich ein Dutzend. Aber ich brauchte nur 2, also gab ich den Rest an andere weiter, die sie brauchten. Daher traten Menschen mit bestimmten Erwartungen in mein Leben. Ich hatte ein paar Freunde, aber viele waren falsch.

Ich glaubte, immer einen guten Freund in Chaitanya (Chaitu) zu haben. Wir kannten uns seit dem ersten Tag unserer Schule. Wir haben uns über alles verbunden. Chaitu stammte aus einem ähnlichen Hintergrund. Genau wie ich lebte auch er bei seinen Großeltern. Chaitu war ein langsamer Starter, vertuschte sich aber später sowohl bei Akademikern als auch im Sport. Auch er war ein gehorsamer Sohn seiner Eltern. Gehorsamer als ich war.

Er war sehr schön mit grauen Augen und schön geölten braunen Haaren. Er sah aus wie ein europäisches Kind, das an einer örtlichen Schule eingeschrieben war. Wir saßen anfangs zusammen. Unsere gemeinsame Leidenschaft war Cricket. Wir spielten Cricket mit unseren Bleistiften und Radiergummis während der Schulzeit. Nach der Schulzeit spielten wir auf der Straße.

Cricket war unsere Religion. Cricket war unsere Liebe und unser Leben. Ein kleines Kind machte Wellen im internationalen Cricket, indem es der jüngste Inder wurde, der in einem Testspiel ein Jahrhundert erzielte. Ja, Sachin Tendulkar. Wir wussten nicht, dass er in den kommenden Jahren ein Halbgott werden würde.

Meine Eltern waren nicht amüsiert darüber, dass ich auf der Straße Cricket spielte. Sie befürchteten, dass ich schlechte Gesellschaft anziehen würde. Bald meldeten sie mich in einer örtlichen Cricket-Akademie an, die von einem alten selbsternannten professionellen Cricketspieler geleitet wurde. Ich bestand darauf, dass Chaitu sich mir ebenfalls anschließen sollte. Aber Chaitus Familie hatte finanzielle Probleme. Im Gegensatz zu mir war Chaitu nicht das einzige Kind seiner Eltern. Er hatte eine ältere Schwester. Also musste ich alleine zu Boden gehen. Ich war enttäuscht. Ich wünschte, Chaitu würde mich bei allem, was ich tat, begleiten.

Meine Großmutter setzte sich zu mir und erklärte: „Yashu, du spielst gerne und deine Eltern können es sich leisten, also kannst du gehen. Jeder hat nicht so viel Glück. Chaitu wird sich dir sicher später anschließen. Aber zwinge ihn jetzt nicht."

Es war sehr nett von ihr, mich wie eine Erwachsene zu überzeugen. Sie sagte mir sofort die Wahrheit, anstatt um den heißen Brei herumzuschlagen oder mich zu verprügeln. Also begann ich mein Cricket-Training. Die Cricket-Infrastruktur in Dombivli war mager. Als Balljunge habe ich schließlich Bälle in den Netzen gepflückt.

Dombivli war eine beengte Siedlung. Die einzige Möglichkeit, es mit dem Rest der Welt zu verbinden, war mit lokalen Zügen. Überall gab es illegale Bauten ohne Sinn für Planung und Zweck. Die Menschen zogen wegen des erschwinglichen Wohnraums hierher. Sie könnten weit weg von ihren gemeinsamen Familien leben.

Es gab ein allgegenwärtiges Problem mit grundlegenden Annehmlichkeiten wie Wasserversorgung und Strom. Ich erinnere mich an jene Tage, als wir tagelang darum kämpften, die Wasserversorgung der Municipal Corporation zu erhalten. Es war ein endloser Kampf.

Sowohl meine Eltern als auch meine Großeltern waren mit dieser Krise konfrontiert. Diese Zeiten müssen verrückt gewesen sein.

Ich kann mir nicht vorstellen, dass unsere Generation vor solchen Hürden steht. Aber unsere vorherige Generation hatte es in sich, sich aus der Krise zu kämpfen, und wir müssen es ihnen dafür geben. Von Kindheit an mussten sie die Armut bekämpfen. Dann mussten sie bei Null anfangen, um ihr Leben aufzubauen. Unsere Eltern hatten keinen Vorsprung. Sie hatten keine Gottväter, aber sie haben alles entwickelt, was sie heute haben. Zusammen mit dem Leben, das sie sich selbst schufen, bauten sie auch ein unbesiegbares Ego auf.

Chaitu und ich bildeten eine unzerbrechliche Verbindung. Wir wollten die ganze Zeit zusammen sein. Da wir in einer gemeinsamen Schule waren, entwickelten wir eine Neugier auf die Mädchen. Wir haben das Geschlecht nicht verstanden. Wir waren neugierig zu erfahren, warum es Jungen und Mädchen gibt. Warum unterscheiden sich Mädchen von uns?

Einmal beschloss ich, meine Eltern zu fragen. „Mama-Papa, was sind Mädchen?

Warum bin ich ein Junge und kein Mädchen?"

Mein Vater starrte mich angewidert und gereizt an und meine Mutter war ratlos. Aber sie waren die sogenannte „gebildete Mittelschicht" dieser sich entwickelnden Nation. Diese Frage zu vermeiden, wäre also gegen ihr Ego gegangen. Also beschloss mein Vater, meine Fragen zu beantworten.

"Beta. Gott schuf zwei Geschlechter, Mann und Frau. Wenn Jungen erwachsen werden, werden sie zu Männern und wenn Mädchen erwachsen werden, werden sie zu Frauen."

Er versuchte, das Problem zu lösen. Ich war nicht überzeugt. Selbst meine Mutter schien mit seiner Antwort nicht zufrieden zu sein. Sie erwartete, dass er besser lügen würde. Also beschloss meine Mutter, es zu versuchen.

"Beta, damit dieses Universum blühen kann, hat Gott einen Mann und eine Frau geschaffen, damit sie beide diese Welt zusammen erschaffen können."

Ich war noch verwirrter. Ich fing an, mit ihnen zu streiten, weil ich keine überzeugende Antwort geben konnte.

„NEIN, MAMA…!!! ICH FRAGE... WAS IST DER UNTERSCHIED?"

Warum hat Gott nicht 2 Frauen oder 2 Männer erschaffen? Warum musste er 1 Mann und 1 Frau erschaffen? In der Schule behandeln sie Jungen und Mädchen unterschiedlich. Wir sitzen nicht zusammen. Wir haben getrennte Reihen. Während wir auf die Toilette gehen, gehen wir getrennt. Warum können wir nicht zusammen in die gleiche Toilette gehen?

Meine Eltern sahen frustriert aus. Es war offensichtlich. Ich hatte eine einfache Frage und sie hatten keine Ahnung, was sie mir sagen sollten. Es war nur eine einfache Frage zu den Geschlechtern. Aber mangelnde effektive Kommunikation führt zu großen Missverständnissen.

Schon am nächsten Tag entschieden ich und Chaitu, dass wir selbst herausfinden werden, warum sie getrennte Toiletten für Jungs und Mädchen haben. Also beschlossen wir nach der Schule, uns die Toilette der Mädchen selbst anzusehen. Wir stürmten in die Toilette, um zu sehen, wie anders sie von der jungs-Toilette. Bevor wir weiter gehen konnten, schlug uns eine Helferin (bai) unserer Schule mit einem Stock den Arsch zu. Es tat so weh, dass wir beide zu weinen begannen.

Unsere Großväter kamen, um uns von der Schule abzuholen. Sie warteten am Schultor auf uns. Sie fragten sich, warum wir zu spät von der Schule kamen. Dann sahen sie uns weinen und vom Bai geschleppt werden.

Besorgt fragte mein Großvater:

"Was ist passiert? Warum schlägst du sie?"

"Ich habe diese Schurken in der Toilette der Mädchen gefunden. Pflegen Sie sie nicht zu Hause? Sie werden

unanständige Jungen werden, wenn sie erwachsen sind."
Der Bai antwortete wütend. Mein Großvater dachte, dass der Bai überreagierte, aber trotzdem beschloss er, seine Gelassenheit beizubehalten.

"Hören Sie, Madam, ich weiß, was sie getan haben, war falsch, aber sie sind Kinder. Sie wissen nichts. Bitte verzeihen Sie ihnen."

Der Bai ging, ohne sich weiter zu streiten. Mein Großvater begann zu erklären, warum es falsch war, in die Toilette der Mädchen zu stürmen.

"Yashu, du bist ein Junge. Das ist dein Geschlecht. Weil du bestimmte Körperteile hast, die sich von Mädchen unterscheiden. Mädchen haben einige Körperteile, die du nicht hast.

Es ist also natürlich, dass Mädchen, die pinkeln, Privatsphäre und Platz brauchen, der nicht mit Jungen geteilt werden kann, und Jungen brauchen auch Platz, der nicht mit Mädchen geteilt werden kann, wenn es um öffentliche Orte geht, insbesondere um Toiletten. Zu Hause,

leben wir als Familie zusammen. Wir können uns die Räume teilen. Wir können gemeinsame Toiletten haben.

Er fuhr nach einer langen Pause fort.

„Ich glaube nicht an Gott, aber unter der Annahme, dass er da ist, muss er den Menschen erschaffen haben. Dann muss Er das Ungleichgewicht erkannt und eine Frau geschaffen haben. Denn nur ein Mann und eine Frau zusammen können das Gleichgewicht dieses Universums aufrechterhalten. Man kann sagen, sie sind zwei Seiten derselben Medaille."

Frauen sind schön. Frauen sind intelligent. Frauen sind stark. Du solltest sie respektieren und ihnen ihren Freiraum geben. Männer betrachten Frauen als minderwertig. Werde nicht zu so einem Mann heran. Was Sie heute getan haben, wird in der Welt der Erwachsenen als Unanständigkeit bezeichnet. Sei also ein anständiger Mann."

Ich war immer in Ehrfurcht vor meinem Großvater. Seine Weisheit war weiter entwickelt als die meiner Eltern. Er war ehrlich. Er bemühte sich, meine Neugier zu befriedigen.

Er scheute nicht vor der Wahrheit zurück.

Kapitel 3

Es war das Jahrzehnt der 90er Jahre.

Es war das denkwürdigste Jahrzehnt im Leben der Kinder, die in den späten 80er oder frühen 90er Jahren geboren wurden. Die Welt hatte sich durch die Liberalisierung der indischen Wirtschaft einer Fülle von Möglichkeiten geöffnet. Unser brillanter Ökonom, Dr. Manmohan Singh, hat das Schicksal von Millionen von Indern verändert. Er schuf die obere Mittelschicht. Die Klasse, von der erwartet wurde, dass sie die Verantwortung für den Fortschritt und den Wohlstand der modernen Gesellschaft übernimmt. Dieselbe Klasse wurde später zum einzigen Grund für Bigotterie, Hass und Diskriminierung. Dr. Manmohan Singh wusste nicht, dass die Öffnung der Wirtschaft dazu führen würde, die Schleusen zur Hölle zu öffnen.

Der Schaden wurde angerichtet... allerdings viel später.

Das Jahrzehnt begann nicht mit einer positiven Note. Es gab eine instabile Regierung im Zentrum. 1989, nach dem Exodus der kaschmirischen Pandits, herrschte an der Grenze zu Pakistan eine ständige Spannung.

Kaschmir, das Paradies Indiens, das für seine Schönheit und sein touristisches Potenzial bekannt ist, war zu einem Drehkreuz für terroristische Aktivitäten geworden.

Die Instabilität wurde nach dem 6. Dezember 1992 mit dem Abriss der Babri Masjid weiter angeheizt. Die Tat war das Ergebnis des Cross-Country-Rath-Yatra durch den Führer der Oppositionspartei, L.K. Advani in den späten 80er Jahren. Der Abriss der Babri brachte die ganze Nation zum Erliegen. Auch in Mumbai brachen Unruhen aus, als die lokalen Führer sich losreißen durften. Sie brachten Zorn über die lokalen Muslime, indem sie ihre Geschäfte, Häuser und Straßenstände angriffen.

Die lokalen Führer, die die Rolle der Retter des hinduistischen Dharma übernahmen, waren stolz darauf, das Leben unschuldiger Muslime in Mumbai zu stören. Sie glaubten, damit Lord Ram zu dienen. Der gesamte Faschismus der Hindutva-Politik war auf seinem Höhepunkt.

Damals war ich ein Kleinkind. Ich habe viel später von diesem Vorfall erfahren. Als Kleinkind erinnere ich mich, dass meine Eltern nicht aus dem Haus gehen und in ihre Büros gehen konnten. Dummerweise war ich überglücklich, weil ich Zeit mit ihnen verbringen konnte. Kaum war mir klar, dass es eine so angespannte Zeit für das Land war. Mein Vater machte sich besonders Sorgen um Firoz.

Firoz hatte ein kleines Restaurant in Pt. Deendayal Straße in Dombivali. Es war eines unserer Lieblingsrestaurants. Sein Biryani war in der Gegend berühmt. Jeden Sonntag ging ich zusammen mit meinem Großvater in diesen Laden, um die Pakete mit Biryani, Hühner-Masala und reisbrot (Bhakri). Firoz würde mit meinem Großvater über Cricket sprechen, und er würde uns kostenlose Hähnchenlutscher geben, wenn Indien das vorherige Spiel gewonnen hätte.

Nach diesem Vorfall wurde Firoz 'Geschäft dauerhaft geschlossen. Es gelang ihm, an seinen Geburtsort in Andhra Pradesh (heute Telangana) zu fliehen. Firoz kehrte nie zurück. Als Kind starrte ich tagelang ständig auf seinen geschlossenen Laden, in der Hoffnung, dass er zurückkehren würde, aber das tat er nie.

Der Finanzminister und Ökonom Dr. Manmohan Singh befreite unsere Nation von den Fesseln der Lizenz, indem er die Wirtschaft befreite. Ausländische Investoren begannen, den riesigen Markt zu erschließen, den Indien bot. Viele private Akteure wurden im gesamten Finanzsektor vorgestellt. Banken wie Icici und HDFC betraten die indischen Finanzmärkte. Sie definierten das indische Bankensystem zum Guten oder zum Schlechten neu.

Die Menschen könnten jetzt einen besseren Lebensstil genießen. Die Kaufkraft und der Konsum wuchsen vielfältig. Langlebige Konsumgüter aus der ganzen Welt waren jetzt auf den lokalen indischen Märkten erhältlich. Einkaufszentren verkauften ausländische Waren in Indien. Der verstärkte Wettbewerb auf den Märkten bot den Käufern mehrere Optionen.

Ich erinnere mich, dass mich meine Eltern zu den Gemischtwarenläden „The Message" in Dombivali East brachten. Seine Struktur basierte auf globalen Supermärkten. Ein solches Konzept waren wir nicht gewohnt. Wir waren an die lokalen Einzelhändler gewöhnt - baniyas, wo wir mit einer Liste von Artikeln hingehen würden, um gekauft. Der Baniya würde die Liste nehmen und die Gegenstände selbst ausstreichen, dann würde er das Zeug in Polyethylenbeutel packen und es uns übergeben. Während der Transaktion konnte man auch ein unbeschwertes Gespräch mit ihm führen und mit ihm verhandeln.

"The Message" -Läden waren anders. Die Produkte wurden systematisch in Gängen in riesigen Lagerregalen angeordnet. Jeder Gang hatte bestimmte Waren mit Schildern, auf denen die Art der Waren erwähnt wurde, die wir in diesem Gang finden konnten. Es war eine neue Sache für uns. Ich drehte durch und rannte über alle Gänge, nahm meine Lieblingssachen und lud den Wagen. Ich hatte noch nie einen Einkaufswagen in meinem Leben gesehen. Es gab separate Abrechnungsschalter mit Schlange stehenden Personen.

Der Wagen erreichte schließlich die Abrechnungsstelle. Die Schlussrechnung betrug 927 INR. Mitte der neunziger Jahre könnte das jemandem ein Loch in die Tasche stecken. Es war ein riesiger Teil des monatlichen Einkommens meiner Familie und was wir gekauft hatten, war nicht einmal einen Monat Lebensmittel wert.

Mein Vater, der ein typischer zwanghafter Schnäppchenhändler war, begann, auf einen Rabatt zu drängen.

"Itna samaan liya hai thoda kum karo."

(Wir haben so viele Sachen gekauft, gib uns einen Rabatt).

Der Kerl am Abrechnungsschalter war nur ein Angestellter und er hatte keine Befugnis, die Abrechnung zu korrigieren. Der Filialleiter musste eingreifen. "Sir, es gibt hier eine strikte Verhandlungsverbot-Regel. Die Preise sind fest."

Mein Vater stritt weiter,

„Wie ist das möglich? Das gleiche Zeug ist auf den lokalen Märkten zu einem Drittel des Preises erhältlich. Sie berechnen zu viel."

Der Filialleiter überlegte nicht zweimal, bevor er meinen Vater beleidigte. „Sir, Sie sind in einen Supermarkt getreten und all diese Produkte werden aus den USA, Großbritannien und dem Nahen Osten importiert. Diese sind nicht in den örtlichen Einzelhandelsgeschäften erhältlich. Ich würde vorschlagen, dass du in ein lokales Einzelhandelsgeschäft gehst und lokale Artikel kaufst. Keine weiteren Diskussionen mehr."

Meine Mutter sah mein grimmiges Gesicht. Sie entfernte alle Gegenstände, die sie hinzugefügt hatte, behielt nur meine Sachen und bat um die Rechnung. Ich war froh, dass ich die importierten Pralinen und Spielsachen bekommen konnte. Seitdem gab es jedes Mal, wenn ich meine Eltern überredet habe, zu den Message Stores zu gehen, eine plötzliche Verschiebung des Themas. Ich war zu jung, um zu verstehen, dass wir es uns nicht leisten konnten. Meine Eltern wollten mich nie verärgern, indem sie mich die Wahrheit wissen ließen. Sie würden Wege finden, mich abzulenken, indem sie billigere Versionen der Dinge kauften, die ich verlangte.

Wir waren Mitte der neunziger Jahre; die Regierung im Zentrum war stabil. Premierminister P.V.Narasimha Rao schaffte es, den rechten Akkord mit der Opposition zu treffen, einfach weil er durch den Abriss der Babri Masjid schlief. Er hätte die Bedrohung stoppen können, aber er entschied sich, es nicht zu tun.

Einige Mitglieder des Kabinetts gingen zum Ram Janma Bhoomi, der nichts anderes als der Ort des abgerissenen Babri war. Das war eine Narbe für die indische Demokratie. Wir waren zu jung, um zu verstehen, was vor sich ging, und unsere vorherige Generation war damit beschäftigt, ihre Finanzen und ihren Lebensstandard in der Zeit nach der Liberalisierung zu verwalten.

Eines Tages fragte ich meinen Vater:

"Papa, wo ist Firoz? Machst du dir keine Sorgen um ihn?

...Warum kommt er nicht zurück?"

Mein Vater konnte meinem Dilemma nicht gerecht werden, aber er versuchte es. "Sehen Sie, die hinduistisch-muslimischen Unruhen sind ausgebrochen."

Ich konnte das nicht ergründen. Ich fragte unschuldig: "Was ist Hindu-Muslim?"

Mein Vater erkannte, dass er sich ein tieferes Loch gegraben hatte.

„Hinduismus und Islam sind Religionen. Diejenigen, die dem Hinduismus folgen, sind als Hindus bekannt, und diejenigen, die dem Islam folgen, sind als Muslime bekannt."

Ich war nicht ganz überzeugt, also fragte ich noch einmal: „Wer bin ich? Ein Hindu oder ein Muslim?"

„Wir sind Hindus Beta." "Wer sind dann Muslime?" " „Firoz ist Muslim. Er folgt dem Islam."

"Inwiefern unterscheiden sich Hindus dann von Muslimen?" Ich suchte beharrlich nach Klarheit.

"Es gibt keinen Unterschied als solchen. Es ist nur so, dass sie unterschiedlichen Bräuchen folgen." Mein Vater bemühte sich, keine Voreingenommenheit in meinem Kopf zu erzeugen, aber Mutter intervenierte.

„Inwiefern unterscheiden sie sich nicht? Diesen Menschen kann man nicht trauen. Wir sollten uns immer vor ihnen in Acht nehmen."

"Warum Maa, warum kann man Muslimen nicht vertrauen?"

Mama wurde gereizt,

"Warum willst du das alles wissen? Warum gehst du nicht studieren, anstatt solche Unsinnsfragen zu stellen?"

Die gesamte Gesellschaft aß von Firoz 'Laden, aber sein plötzliches Verschwinden betraf niemanden. Niemand kümmerte sich einen Dreck. Ich habe nie die Antwort bekommen. Die Frage hörte nicht auf, mich zu nerven. Wie unterscheiden sich Muslime von Hindus? In jungen Jahren hatte ich nicht die Ressourcen und die richtigen Leute um mich herum, um die Antworten zu finden.

Was mir geblieben ist, war, dass man Muslimen nicht trauen kann. Ich hatte keine Fakten, um das zu glauben, aber ich hatte auch keine Grundlage, dies zu leugnen. Ich war ein gehorsames, gutes Kind und glaubte, dass meine Eltern immer Recht hatten.

Etwas, das aus einem ungezwungenen Gespräch zu Hause resultierte, wurde jahrelang zu einer starken Voreingenommenheit.

Wessen Schuld war es? Wer war der Schuldige?

Kapitel 4

An der akademischen Front war ich gezwungen, an einer Wettbewerbsprüfung namens Staatsstipendium teilzunehmen.

Die Prüfung wurde entwickelt, um den IQ, die sprachlichen Fähigkeiten und die logischen Fähigkeiten von Schülern zu testen, die erst 9 Jahre alt waren. Die Eltern drängten ihre Kinder, nach der Schulzeit und sogar am Wochenende extra teures Coaching zu nehmen, um für diese Prüfung zu trainieren. Meine Schulkameraden hatten nicht die Ressourcen, um dieses zusätzliche Coaching zu absolvieren, aber meine Eltern sorgten dafür, dass ich dieses Privileg hatte. Da sich niemand aus meiner Schule für diese Prüfung eingeschrieben hat, war ich auch nicht allzu begeistert. Aber Mama hatte andere Pläne.

"Betu, du bist intelligent. Diese Prüfung wird das beweisen. Sie wählen die besten Schüler des Staates aus, die in dieser Prüfung gut abschneiden. Also müssen wir jetzt hart arbeiten."

Ich war wieder verwirrt. Wann immer meine Mutter wollte, dass ich etwas tue, verwirrte es mich wie verrückt. In gewisser Weise hatte ich Angst vor meiner Mutter. Aber ich wagte zu fragen,

„Mama, wenn du weißt, dass ich intelligent bin und wenn ich weiß, dass ich

intelligent, warum muss ich es dann durch eine Prüfung beweisen?"

Mama war wütend und ihr Gesicht wurde rot.

"Willst du nichts mit deinem Leben anfangen? Schauen Sie sich andere an, wie sie sich auf ihr Studium konzentrieren."

Ich wagte es noch einmal, ihr zu antworten,

"Mama, niemand von unserer Schule gibt diese Prüfung ab. Selbst Chaitu ist nicht interessiert."

Mama hatte es inzwischen verloren und antwortete mit einer scharfen Ohrfeige. "Dieser Chaitu ist ein nutzloser Kerl. Warum verstehst du es nicht? Er ist nicht so klug wie du? Du solltest bessere Freunde finden. Schau dir Sridharan an, er kommt immer zuerst. Warum sitzt du nicht mit ihm in der Schule?"

Das hat mich zutiefst beleidigt. Sie musste Chaitu nicht in all das hineinziehen. Nur mit jemandem zusammenzusitzen, der beste Noten bekommt, macht dich nicht intelligent.

"Mama, ich mag Chaitu. Er ist mein bester Freund. Mir wird langweilig, wenn ich in der Nähe von Sridharan bin. Er mag Cricket nicht."

Immer wenn ich während meines Studiums über Cricket sprach, wurde ich von meiner Mutter getadelt. Ich habe den Fehler gemacht, Cricket inmitten einer sehr wichtigen lebensverändernden Konversation mitzubringen. Ich wurde mit einer weiteren knappen Ohrfeige belohnt.

"Cricket bringt dich nirgendwo hin. Letztendlich sind es Studien, die Ihnen helfen werden, sich im Leben zu übertreffen. Ich weiß nicht, wie oft ich dir das sagen muss. Du bist jetzt erwachsen."

Ich war neun. Sport war für die Eltern der 90er Jahre ein nicht-intellektueller Strom. Ich musste an diesem teuren Coaching-Kurs teilnehmen. Ich wollte nie gehen. Sie zwangen mich, am Wochenende zu kommen. Wir waren Kinder. Sollten wir nicht im Schlamm spielen, kreativ sein, Spaß haben und unser Leben genießen?

Ich bemühte mich, so viel wie möglich zu erfassen. Jeden Monat führten sie einen Scheintest durch und die Ergebnisse wurden direkt den Eltern vorgelegt. Meine Leistung war so erbärmlich, dass sich meine Eltern vor Scham versteckten.

"Er ist so eine Nuss. Hat er ein Gehirn oder ist der Kopf nur mit Sägemehl gefüllt?" Vater war ziemlich unzufrieden.

Die zusätzliche Coaching-Sache passte nicht ganz zu meinem Verhaltensmuster. Ich war zu ungeduldig, um stundenlang an einem Ort zu sitzen und anderen zuzuhören. Ich würde es vorziehen, stundenlang an einem Ort zu sitzen und Cricket zu schauen oder nichts zu tun. Wie erwartet, habe ich mich in der staatlichen Stipendienprüfung erbärmlich geschlagen und der Traum meiner Eltern war zerstört.

Während dieser Phase erlitt ich körperliche und verbale Beschimpfungen durch meine Mutter. Ich hatte bereits Angst vor ihr, aber ihre Besessenheit, mich dazu zu bringen, mich zu übertreffen und mit anderen zu konkurrieren, war sehr abstoßend. Manchmal schlug sie mich so hart, dass mir die Nachbarn zu Hilfe kamen.

Meine Großmutter konnte diese Schmerzen nicht ertragen. Wenn ich verprügelt wurde, ging sie oft aus dem Haus. Später erfuhr ich, dass selbst Mama die ganze Nacht weinen würde, nachdem sie mich verprügelt hatte.

Diese Routine führte zu Angst und mangelndem Vertrauen zwischen uns.

Bald begann ich, Dinge vor meinen Eltern zu verbergen. Einmal verlor ich einige interne Noten in Art, die meine Gesamtnoten hätten beeinträchtigen können. Ich erzählte meiner Mutter davon und wurde erneut geschlagen, diesmal mit einem Gürtel. Wenn ich etwas falsch gemacht habe, wusste ich, dass ich nicht verschont würde. Viele Leute fragten meine Mutter, warum sie so streng mit mir war. Ich war noch ein Kind und würde die Dinge letztendlich selbst lernen.

Sie hatte nur eine Antwort darauf,

„Mein Kind muss den Wert seiner Privilegien verstehen. Als wir Kinder waren, hatten wir nichts. Dennoch haben wir alles geschätzt. Er muss lernen, Wert zu schätzen."

Um den Wert von etwas zu verstehen, brauchen wir Zeit. Warum hast du es eilig, mir in einem so zarten Alter dein Wertesystem aufzuzwingen? Seitdem stand ich immer unter Druck, aber meine Großmutter überzeugte mich, dass meine Mutter nur zu meinem Besten streng ist. Ich wurde nicht wegen meines Verhaltens verprügelt, sondern wegen meiner Inkompetenz, ihre Erwartungen zu erfüllen, im zarten Alter von 9 Jahren.

Wenn ich auf das Leben zurückblicke, habe ich das Gefühl, dass meine Oma das Richtige getan hat; sonst hätte ich angefangen, meine Eltern von meiner Kindheit an zu hassen.

Oma hat Mama oft verständlich gemacht,

"Sei ein wenig locker bei Yash. Er ist doch dein einziger Sohn. Gib ihm einfach etwas Platz."

Mama hatte immer ein Gegenargument parat.

"Du hast mich auch verprügelt, als ich ein Kind war. Wie kannst du das sagen?"

Oma war ruhig.

"Du musst meine Fehler nicht wiederholen."

Ich konzentrierte meine Aufmerksamkeit auf meine erste Liebe, Cricket. Ich habe regelmäßig Cricket gespielt. Aber Mama war nicht allzu scharf darauf, dass ich Zeit mit Sport verschwende. Nach ihrer Logik galt Sport als Zeitvertreib. Sie beschränkte mein Cricket-Training auf Wochenenden. Ich sollte die ganze Woche studieren. Erst dann durfte ich am Wochenende in der Akademie Cricket spielen.

Leider habe ich es an beiden Fronten schlecht gemacht. Die ganze Woche würde ich auf das Wochenende warten, um meine Cricket-Ausrüstung in die Finger zu bekommen. Ich verlor den Fokus auf mein Studium. Am Wochenende konnte ich mich im Cricket nicht auszeichnen, da das Spielen nur am Wochenende mein Training beeinträchtigte. Die anderen Kinder, die unter der Woche regelmäßig waren, wurden besser als ich.

Also war mein Trainer davon ausgegangen, dass ich es mit Cricket nicht ernst genug meinte.

Mein Cricket war jetzt darauf beschränkt, es nur anzuschauen.

Kapitel 5

Mitte der 90er Jahre gab es auch Rekordinvestitionen und Sponsoring im indischen Cricket.

Sachin Tendulkar wurde zum Aushängeschild des indischen Cricket, wodurch Cricket in Indien zu einer Religion wurde. Für die in Mumbai lebenden Kinder gab es nur einen Gott - Tendulkar. Er konnte die Zeit anhalten. Die Leute ließen alles beiseite, nur um zuzusehen, wie er schlug. Noch nie in der Geschichte des Weltcricket hatte ein Cricketspieler eine so verrückte Anhängerschaft gesehen. Nicht einmal der große Don Bradman.

Chaitu und ich verehrten Tendulkar. Wir wollten ihn immer nur schlagen sehen und ihm nacheifern, wenn wir Gully-Cricket spielten. Wir hatten MRF-Aufkleber auf unseren Fledermäusen. Für uns war MRF ein Fledermaushersteller. Die Tendulkar-Saga berührte das Leben von Millionen. Aber leider wuchs Indian Cricket nicht proportional. Wir befanden uns immer noch in den unteren 5 ICC-Rankings. Wir haben es geschafft, ein ungerades Spiel zu gewinnen, stellten aber nie eine Bedrohung für die amtierenden Champions dar.

Es war auch eine Ära, in der wir regelmäßig von Pakistan geschlagen wurden, insbesondere bei den Turnieren im Sharjah-Stadion. Pakistan hatte einen hochwertigen Bowling-Angriff, und unsere Schlagmänner konnten das Tempo nicht überleben. Wir würden um ein Wunder beten, damit Indien Pakistan besiegt. Es gab einige Momente der Brillanz von Sachin

Tendulkar, aber das indische Team war enttäuschend ohne Lust.

Die Weltmeisterschaft 1996 wurde als die Wiederbelebung des indischen Cricket angepriesen. Die Weltmeisterschaft sollte auf dem indischen Subkontinent ausgetragen werden und Indien sollte alle seine Spiele zu Hause spielen. Sachin war in heißer Form. Er begann das Turnier mit einem Knall. Das Bowling war jedoch enttäuschend. Es gab eine Menge Unsicherheit, die sich um die mittlere Ordnung herum zusammenbraute. Außer Ajay Jadeja schien niemand Runs erzielen zu können. Es war also wieder eine One-Man-Show.

Das Spiel gegen Australien bewies, wie anfällig die indische Schlagaufstellung gegen einen hochwertigen Bowling-Angriff war. An einem Ende riss Tendulkar die Bowlingbahn auseinander, während die Pforten am anderen Ende stürzten.

Ein Mann kann kein Cricketspiel gewinnen. Es muss eine kollektive Anstrengung sein. Trotz Tendulkars tapferer Leistung verlor Indien das Spiel. In ähnlicher Weise schlachtete Tendulkar gegen Sri Lanka das Bowling ab, bekam aber am anderen Ende keine gute Unterstützung. Die Bowler waren nicht gut für die srilankischen Schlagmänner.

Der Opener Sanath Jayasurya, der nach dieser Kampagne Limited Overs Cricket neu definierte, schnallte unsere Prime Fast bowler Manoj Prabhakar an alle Ecken des Feroz Shah Kotla-Stadions, das jetzt in Arun Jaitley-Stadion umbenannt wurde. Sein Selbstvertrauen war erschüttert. Er begann zu bowlen -

Pausen statt Tempo. Für ein 10-jähriges Ich war es ein Moment der Scham.

Schließlich schaffte es Indien, nachdem es einige Elfen geschlagen hatte, das Viertelfinale zu erreichen. Sie sollten im Chinnaswamy-Stadion in Bangalore gegen den Rivalen Pakistan spielen. Ich war so angespannt, dass ich ein paar Tage vor dem Spiel krank wurde. Es war, als würde ich dieses Spiel spielen. Mit den richtigen Medikamenten und der Beratung durch unseren Hausarzt war ich wieder auf den Beinen, um das Spiel zu sehen.

Unsere Vereinsmitglieder hatten beschlossen, das Spiel gemeinsam zu sehen. Alle versammelten sich bei uns zu Hause, um das Spiel zu sehen. Wir hatten erwartet, dass Sachin alle Kanonen in die Luft jagen würde. Aber zu unserer Überraschung hatte Navjyot Singh Siddhu andere Pläne. Er nahm alle Bowler früh in den Innings auf. Pakistans Kapitän Wasim Akram musste das Spiel aufgrund einer Verletzung verpassen. Es verschaffte den Indianern etwas Erleichterung. Ansonsten hätten es indische Schlagmänner niedrigerer Ordnung mit seinen Zehenbrechern schwer gehabt, zu überleben. Siddhu erzielte eine brillante 93. Er hatte einen 90-köpfigen Eröffnungsstand mit Tendulkar. Tendulkar stieg am 31. aus. Aber die indischen Innings hatten an Fahrt gewonnen.

Ajay Jadeja gab dem Innings einen perfekten Abschluss.

Er hämmerte Waqar Younis für 22 Überläufe. Kumble auch mit einem Cameo-Auftritt.

Pakistan hatte die Mammutaufgabe, 288 Läufe in 50 Overs zu machen. Die pakistanischen Öffner hatten entschieden, dass sie wollten den indischen Bowling-Angriff zerschlagen. Sie begannen mit 10 Läufen pro Over und trafen Javagal Srinath und Venkatesh Prasad in allen Teilen des Bodens.

Sie erzielten rund 87 ungerade Läufe in den ersten 10 Overs, als Srinath Saeed Anwar in der Mitte erwischte. Aber der Ersatzkapitän Aamir Sohail war in guter Form. Er schlug Venkatesh Prasad für einen quadratischen Schnitt und signalisierte ihm auf dem Feld arrogant, dass ich dich den ganzen Tag schlagen werde, wenn du mich hier weiter bowlst.

Ventakesh Prasad kehrte leise zu seinem Anlauf zurück. Er warf den Ball leicht voll und auf der Off-Stump-Linie. Aamir Sohail versuchte erneut den gleichen extravaganten quadratischen Schnitt, aber diesmal wurde sein Stumpf entwurzelt. Venkatesh Prasad gab ihm einen ordentlichen Abschied, indem er ihn aufforderte, zu gehen.

Für mich war dies die Auferstehung, nicht nur von Indian Cricket, sondern von Indien als Nation. Es gab uns Hoffnung, dass wir es zurückgeben könnten. Niemand kann uns einschüchtern, und wenn jemand versucht, dies zu tun, dann werden wir ihm seinen Platz zeigen. Indien hat dieses Match bequem gewonnen.

Wir feierten, indem wir Cracker platzen ließen und Süßigkeiten nach der Norm verteilten.

Jetzt, als Erwachsener, wenn ich auf das Ereignis zurückblicke, habe ich das Gefühl, dass wir den Punkt verfehlt haben. Pakistan zu schlagen war der einzige Zweck unserer Existenz geworden und wir vergaßen fast, dass eine Weltmeisterschaft im Gange war, die gewonnen werden sollte. Wir als Nation, einschließlich des indischen Cricket-Teams, waren von dem Sieg beeindruckt, als wir die titelverteidiger Pakistan. Für uns als Nation war das mehr als der Gewinn der Weltmeisterschaft. Und da haben wir uns verrechnet. Unser Hass und unsere Verachtung für eine Nation hielten uns vom Fokus ab.

Das Ziel hätte nicht sein sollen, Pakistan zu besiegen und dann zu feiern. Das Ziel hätte sein sollen, sich erst nach dem Gewinn der Weltmeisterschaft zu freuen. Aber eine neu liberalisierte Nation war zu naiv, um diesen Reifegrad zu besitzen. Wir waren wie ein Coming-of-Age-Film und lernten aus unseren Fehlern.

Im Halbfinale der Weltmeisterschaft in Eden Gardens, Kolkata, wurden wir von Sri Lanka geschlagen.

Wir verfolgten ein Ziel von 250 ungeraden Läufen. Sachin hat einen guten Start hingelegt. Er erzielte 65 Punkte, bevor er ratlos wurde, und die Punktzahl des Teams betrug 98 für den Verlust von 2 Wickets. Und plötzlich waren wir im Handumdrehen 8 für 120. Die Menge in Kolkata verlor die Geduld und begann, Flaschen und verbrannte Schilder auf den Boden zu werfen. Das Spiel wurde abgesagt und Sri Lanka erklärte die Gewinner. Wir haben uns nicht auf das Gewinnen konzentriert und dann haben wir uns wie wunde Verlierer verhalten.

Gewinnen ist eine Gewohnheit, die die Indianer nicht kultiviert hatten.

Kapitel 6

Es war das Jahrzehnt, in dem Bollywood einige tiefsinnige Filme drehte. Die Musik und das Niveau des Geschichtenerzählens hatten den Tiefpunkt erreicht. Ich frage mich, wie eine Branche so mittelmäßig in ihrer Herangehensweise an Kreativität sein kann.

Mitte der 90er Jahre hatte sich ein verträumter Junge namens Shahrukh Khan in Bollywood einen Namen gemacht. Er schaffte einen erfolgreichen Übergang von einem Fernsehschauspieler zu einem Bollywood-Star. Eine tektonische Verschiebung seiner Filmografie erreichte er mit dem Film DDLJ von Yashraj Productions. (Dilwale Dulhania Le Jayenge). Der Film setzte die Abendkasse in Brand. Es lief erfolgreich in Europa und Amerika zusammen mit dem indischen Subkontinent.

Shah Rukh Khan wurde bald der neue Schokoladenjunge von Bollywood. Er entwickelte ein Muster. Die Filmemacher machten immer wieder dasselbe Zeug mit ihm. Shah Rukh würde die Heldin mit seinen Eskapaden bezaubern und das Mädchen würde sich trotz aller Widrigkeiten in ihn verlieben und schließlich würden sie zusammen enden.

Solche Filme hatten einen Wohlfühlfaktor. Shah Rukh war anfangs kein konventioneller Bollywood-Star. Er machte sein Aussehen und seine Fähigkeiten in Bollywood zu einer neuen Normalität. Die Leute konnten sich auf die Charaktere beziehen, die er auf dem Bildschirm spielte. Er sah nicht gut aus, er hatte

Charisma. Er zog keine billigen Possen und schaffte es dennoch, die Mädchen zu beeindrucken. Er wurde zum Idol für die Jungs. Jeder Film von Shah Rukh für die nächsten zwei Jahrzehnte endete als Blockbuster. Später in seinem Leben versuchte er zu experimentieren, scheiterte aber kläglich. Also hielt er sich an die Formel.

Der Film, der mein Leben veränderte und mich mit patriotischem Eifer überschwemmte, war J.P.Duttas Grenze. Es war ein Film, der auf dem Indo-Pak-Krieg von 1971 mit einem starken Steroid des nationalistischen Stolzes basierte. Ich erinnere mich, den Film im Kinosaal mit meinen Cousins gesehen zu haben.

Als ich nach Hause zurückkehrte, verkündete ich meinen Eltern,

"Ich werde mich der indischen Armee anschließen und Pakistan für immer zerstören. Sie sind unser Feind Nummer eins."

Meine Eltern antworteten nur mit einem „OK". Sie dachten, dies sei eine Phase. Der Film hatte mich einer Gehirnwäsche unterzogen, um zu glauben, dass die Zerstörung Pakistans alle unsere internationalen Probleme und Grenzprobleme lösen würde. Ich glaubte, dass der Krieg nur ein Videospiel war und wir ihn leicht gewinnen konnten. Ich erinnere mich, Anti-Pakistan-Slogans auf meine Notizbücher und Aufkleber auf meine Tasche geschrieben zu haben.

Ich setzte alles daran, meinen Nationalismus zur Schau zu stellen, indem ich Pakistan demütigte. Ich war mir sicher, dass Anti-Pak-Kommentare mich zu einem Helden machen werden. Ich war damals 11 Jahre alt.

Mein Großvater mochte keine Bollywood-Filme. Trotzdem gelang es mir, ihn davon zu überzeugen, die Grenze mit mir zu beobachten. Nachdem er den Film gesehen hatte, konnte er verstehen, warum ich mich zum Nationalismus hingezogen fühlte und warum so viel Hass in mir war.

Er sagte: „Es gibt nichts Kostbareres als menschliches Leben. Leben zu retten wird immer eine höhere Tat sein, als jemandem das Leben zu nehmen. Das Leben ist viel komplizierter als das, was im Film gezeigt wird. Krieg ist kein Spiel, Yash. Wenn wir die Wahl haben, sollten wir versuchen, Leben zu retten. Es ist immer eine diplomatische Lösung möglich. Du bist ein Kind und ich glaube nicht, dass du das verstehst, aber erinnere dich an meine Worte, da ich nicht zu lange da sein werde. Beurteile nicht, ohne alle Seiten zu analysieren."

Seine Worte blieben für immer bei mir. Jetzt verstehe ich, was er meinte.

Kapitel 7

An der politischen Front herrschte große Unsicherheit.

Wir hatten drei Premierminister in 3 Jahren. In der Schule fiel es mir schwer, mich an den Namen unseres derzeitigen Premierministers zu erinnern. Es war die Zeit, in der selbst die Quizmaster vor dieser Frage zurückschrecken würden. Sie könnten sie bei den Quizfragen fragen, und wenn der Schüler antwortet, könnte es eine neue PM geben.

Wir hatten Atal Bihari Vajpayee, H.D. Devegowda und dann

I.K. Gujral als unsere Premierminister von 1996 bis 1998. Schließlich gewann im März 1998 die NDA (National Democratic Alliance) die Mehrheit und Vajpayee wurde Premierminister von Indien. Aber so einfach war das nicht. Der Präsident des indischen Nationalkongresses und die Frau unseres verstorbenen Premierministers Rajeev Gandhi stellten einen Anspruch auf die Bildung der Regierung in den Mittelpunkt.

Der langjährige Vertraute des Kongresses und hochrangige Führer Sharad Pawar widersprach dem Schritt und der Kongress spaltete sich.

Er gründete die Nationalistische Kongresspartei mit wenigen gewählten Parlamentsmitgliedern. Dies war es, was der NDA eine Mehrheit in der Mitte gab.

Atal Bihari Vajpayee, der Nehru der Rechten, wie sie sagen würden, war ein charismatischer und diplomatischer Führer. Er war die gleiche Person, die während einer Rede indirekt andeutete, dass der Ram Janma Bhoomi, der Ort der Babri Masjid, für die Anhänger von Lord Rama geräumt werden sollte, um ihre Gebete zu verrichten.

Obwohl er nie von einem Gericht für seine Rede angeklagt wurde, hätte jeder Lumpen und Bobtail gewusst, dass er zu Gewalt angestiftet hat. Aber um fair zu sein, begann er als integrativerer Führer und wurde immer über die Parteigrenzen hinweg respektiert. Ich persönlich mochte ihn. Ich hörte seinen Reden zu, obwohl ich zu jung war, um alles zu verstehen. Ich liebte seine Redekunst.

Er war ein Dichter. Schon in jungen Jahren hatte ich ein Faible für Poesie, also bemühte ich mich sehr, seine Gedichte zu verstehen. Er war einer der wenigen Politiker, der offen über seine Beziehungen und Entscheidungen im Leben sprach.

Vajpayee machte Indien zu einem vollwertigen Atomstaat, nachdem er am 11. Mai 1998 Pokhran-2-Atomtests durchgeführt hatte. Pakistan wiederholte dies, indem es Atomtests in den Chagai-Hügeln durchführte und so die Spannungen zwischen den beiden Nationen aufblähte.

Verschiedene internationale Foren intervenierten und baten die beiden Nationen, die langjährigen Probleme einvernehmlich zu lösen.

Vajpayee startete einen Busservice Sada-e-sarhad zwischen Delhi und Lahore. Der Umzug kam gut an, da es zu viele Familien mit Verwandten auf beiden Seiten gab, die sich aber seit der Teilung nicht mehr getroffen hatten. Es war auch eine Fotomöglichkeit für die globalen Foren, als Menschen von beiden Seiten, die nichts hatten, aber Hass zusammenkamen, um einen Neuanfang zu machen.

Ich war als 12-Jähriger verwirrt. Vor zwei Jahren, als ich den Film Border sah, hatte ich mich selbst davon überzeugt, dass Pakistan unser eingeschworener Feind war, und wir müssen ihn zerstören. Aber plötzlich hatten wir einen Bus, der uns nach Pakistan bringen konnte. Sollen wir jetzt alles vergessen und Freunde sein? Was auch immer der Film darstellte, wurde von diesem Schritt völlig überschattet. Wie ich war auch Chaitu verwirrt.

Früher haben wir Grenzszenen in der Schule oder wenn wir uns bei uns zu Hause trafen, inszeniert. Ich würde einen Armeesoldaten spielen und Chaitu würde in seinem Luftwaffenjet fliegen und mich retten. Zusammen würden wir Indien retten. Aber jetzt waren wir beide in einem Dilemma.

Nur wenige Monate nach dem Start des Busdienstes kam es zu schwerwiegenden Infiltrationen am LOC.

Terroristen infiltrierten aus Pakistan und eroberten ein Gebiet bis Kargil im Kaschmir-Tal. Medienberichten zufolge hatten pakistanische Armeeangehörige, die als Terroristen getarnt waren, einen Teil des indischen Territoriums erobert. Nun, das war ein Verräter. Es bestand ein Bedarf an drastischen Maßnahmen, da wir es uns nicht leisten konnten, einen Zentimeter Territorium jenseits des LOC zu verlieren. Die Aktion wurde also eingeleitet durch unsere Verteidigungskräfte. Es gab eine umfangreiche Berichterstattung in den indischen Medien. Die Journalisten taten so, als ob sie diejenigen wären, die Indien retteten. Als 13-Jährige waren wir besorgt, aber immer noch unter dem Einfluss des Films.

Ich sagte Chaitu: „Es ist nur eine Frage der Zeit. Die indischen Streitkräfte werden es ihnen zurückgeben. Erinnerst du dich, was sie im Film gezeigt hatten? "

Die indischen Streitkräfte wehrten sich tapfer. Aber jeden Tag berichteten die Medien über Todesfälle in indischen Lagern. Ich fragte meinen Großvater: „Wie kommt es, dass unsere Leute sterben? Sollen die Leute, die unser Land erobert haben, nicht sterben?"

Mein Großvater erklärte so einfach wie er konnte... "Das ist Krieg. Menschen sterben im Krieg. Es hat seinen Preis und dieser Preis ist das menschliche Leben. Wenn eine Kugel abgefeuert wird, trifft sie einen Menschen, entweder von unserer Seite oder von der anderen Seite. Manchmal, wenn die Diplomatie versagt, ist der Krieg der einzige Ausweg. Aber die Nationen auf beiden Seiten sollten dafür sorgen, dass die Diplomatie nicht scheitert. Nichts ist wichtiger als das menschliche Leben."

Schließlich mussten sich die als Terroristen und Eindringlinge getarnten pakistanischen Verteidigungsbeamten nach 527 indischen Toten und etwas mehr als 2 Monaten zurückziehen. Es war ein Schock für mich. Ich konnte einfach nicht verdauen, dass indische Soldaten auf dem indischen Territorium von den Eindringlingen aus dem Nachbarland getötet wurden, die unser Land eroberten.

Meine Enttäuschung wurde noch verstärkt, als einer von Chaitus Verwandten, sein entfernter Onkel, in Kargil. Sein 10-jähriger Sohn war Waise. Sein Vater tat das Richtige für seine Nation. Das Kind hat den Preis bezahlt. Ich hatte das Gefühl, dass etwas nicht stimmte mit dem, was in Filmen dargestellt wurde.

Die Cricket-Weltmeisterschaft 1999 weckte nicht viel Interesse an mir, da die Nation in Kargil einen Krieg führte. Alles andere wurde irrelevant. Hinzu kam, dass wir ein miserables Team hatten. Es war wieder eine One-Man-Show.

Multinationale Unternehmen, insbesondere im Bereich Elektronik und FMCG, waren nach Indien gekommen. Große Marken wie LG und Samsung haben Angebote unterbreitet, um Inder zur Weltmeisterschaft nach England zu bringen. Aber diejenigen, die Cricket leidenschaftlich verfolgten, konnten sagen, dass wir keine Mannschaft hatten, die eine Weltmeisterschaft gewinnen konnte. Cricket-Liebhaber erwarteten, dass die indische Mannschaft früher oder später aus der Weltmeisterschaft ausgeschieden sein würde. Die meisten Inder standen jedoch loyal hinter Südafrika, nachdem Indien ausgeschieden war.

Chaitu und ich jubelten unserem Lieblingskricketspieler Lance Klusener zu, der die Bowler zu den

Reinigungskräften brachte und die Spiele für Südafrika beendete.

Das Halbfinale der 99. WM zwischen Australien und Südafrika wird als einer der schmerzhaftesten Momente in der Geschichte des Cricket untergehen. Lance Klusener hatte sein Team fast über die Ziellinie gebracht. Sie brauchten 1 von 3 Bällen. Der erste Ball war ein Punkt. Er traf den zweiten Ball direkt zum Mittelfeldspieler und rannte um sein Leben, aber sein Partner am Ende des Nichtstürmers, Allan Donald war sich nicht bewusst, dass Klusener sich auf den Weg gemacht hatte, um zu rennen, und er wurde davongelaufen. Das Spiel war unentschieden und da Australien Südafrika in der Super Sixes-Phase besiegt hatte, qualifizierten sie sich für das Finale.

Australien besiegte Pakistan im Finale und wurde damit Weltmeister.

Das Ende des Jahres 1999 würde das Ende eines Jahrtausends und den Beginn eines neuen bedeuten. Dies war ein einzigartiger Moment. Diejenigen, die am Leben waren, hatten Glück, da wir alle den Wandel des Jahrtausends miterleben konnten. Nicht jede Generation hat dieses Privileg. Aber das vergangene Jahrtausend endete nicht mit einer positiven Note.

Am 24. Dezember 1999 entführten bewaffnete Terroristen ein Flugzeug der Indian Airlines mit 189 Menschen, darunter die Besatzung und Passagiere von Kathmandu (Nepal) nach Neu-Delhi. Sie machten einen Abstecher in die VAE und landeten schließlich am 25. Dezember in Kandahar, Afghanistan. Sie forderten die Freilassung von drei Terroristen in Kaschmir. Einer von ihnen war Masood Azhar. Nach seiner Freilassung richtete er in Indien Chaos an. Der zweite war Omar Shariff. Auch er erwies sich in den kommenden Jahren als Bedrohung für Indien. Ein Mann wurde im Flugzeug von den Terroristen erstochen. Der Rest der Passagiere und die Besatzungsmitglieder wurden freigelassen.

Dies war eine katastrophale Situation für Indien.

Für mich war das Wort Hijack neu. Dies widersprach meiner Vorstellung von heldenhaftem Nationalismus, der von Bollywood-Filmen gefördert wurde. Wäre es ein Film gewesen, hätte irgendein Held alleine töteten sie alle Terroristen und retteten alle Geiseln. Als Kind hatte ich einige ernsthafte Fragen.

Warum kann die Regierung niemanden schicken, um unser Volk zu retten? Alles in Bollywood-Filmen schien ein Witz zu sein.

Jetzt als Erwachsener, nachdem ich über die Situation und die Meinungen verschiedener Experten gelesen habe, habe ich das Gefühl, dass diese Krise besser hätte bewältigt werden können. Dann bezeichneten IB-Chef und unser gegenwärtiger Nationaler Sicherheitsberater Ajit Doval dies als "diplomatisches Versagen". Ihm zufolge hätte das Flugzeug das indische Territorium nicht verlassen dürfen.

Jetzt gibt es hier ein Dilemma. Gibt es etwas Wichtigeres, als Menschenleben zu retten? Die Terroristen, die im Austausch für Geiseln freigelassen wurden, waren später für den Tod von Hunderten von Menschenleben verantwortlich. Wie beurteilen wir die Situation? War es das Richtige?

Die späten 90er Jahre sorgten für einige ganz besondere Überraschungen.

Das Büro meines Vaters war dabei, alte Computer loszuwerden, und die Mitarbeiter konnten sie zu ermäßigten Preisen kaufen. Ich hatte von Computern und den Dingen, die sie können, gehört. Aber mein Wissen beschränkte sich nur darauf, dass die Arbeit durch Computer einfacher werden kann. Ich wusste nichts über Computerspiele.

Als der Computer bei mir zu Hause ankam, eröffnete er eine neue Welt des Computerspiels. Die 90er Jahre waren nicht als das Jahrzehnt des Glücksspiels bekannt. Sogar der Westen experimentierte noch, obwohl sie technologisch mindestens 5 Jahre vor uns

Chaitu und ich waren sehr aufgeregt, Spiele am Computer zu spielen. Meine Großeltern waren besorgt, weil sie das Gefühl hatten, dass ich eine so teure Maschine beschädigen würde. Wir begannen, Flipper zu spielen, weil es Cricket ähnelte. Wir spielten stundenlang am Computer. Aber in unseren Herzen spielten wir lieber in offenen Räumen. Das war immer noch unser Ding. Die GenZs werden dieses Gefühl nicht kennen. In den Vororten von Mumbai und Thane Platz zu finden, ist heutzutage eine Herausforderung. In den 90er Jahren konnten wir, obwohl die Städte eng waren, Platz für unsere Existenz finden.

Nach ein paar Wochen stellte ich fest, dass wir Cricket am Computer spielen konnten. Allan Border's Cricket war ein MS-DOS-basiertes Spiel. Mein Cousin hat es irgendwie geschafft, die kopierte Festplatte des Spiels zu bekommen. Er hat das Spiel auf unserem Computer installiert. Wir Kinder haben unsere eigenen Strategien entwickelt, wie wir den Computer in diesem Cricket schlagen können. Wir hätten unser Feld für verschiedene Schlagmänner vorbereitet. Wir haben es wie ein echtes Cricket-Match gespielt.

Aber es gab einen Fehler in der Spielesoftware. Jedes Mal, wenn der Schlagmann eine 6 oder eine Grenze traf, hing die Maschine. Es würde immer wieder piepen. Meine Eltern kamen gerannt, um zu überprüfen, ob ich den Computer beschädigt hatte. Ich wurde gewarnt, dieses Spiel nie zu spielen.

Code-Meister Brian Lara Cricket war zu dieser Zeit das meistgespielte Spiel. Die Grafik war realistisch, was dem Spiel einen spannenden Effekt verlieh.

Ich wurde von meinen Eltern getadelt, weil ich mein Leben mit dem albernen Spiel verschwendet hatte.

Kapitel 8

Das neue Jahrtausend brachte neue Möglichkeiten.

Die IT-Branche wurde mit internationalen Projekten revolutioniert. Führende indische IT-Unternehmen wie Infosys, TCS, Wipro und Tech Mahindra waren in einige coole globale Backend-Projekte involviert. Renommierte multinationale Unternehmen wie Capgemini, Accenture, IBM usw. begannen, indische Ingenieursabsolventen zu rekrutieren. Menschen aus anderen Bereichen wie Maschinenbau, Elektrotechnik, Chemietechnik haben bequem auf IT umgestellt. Diese Leute würden stattliche Gehaltspakete und einen guten Lebensstil bekommen.

Inder galten als Geeks mit der inhärenten Fähigkeit, technisches Zeug zu erfassen und hart zu arbeiten. Dieses Attribut der Sklaverei hat die Inder in alle Ecken und Winkel der Welt geführt. Es gibt kaum ein Land, das keine indische Bevölkerung hat. Inder sind dafür bekannt, mehr als 12 Stunden am Tag ohne Bedauern bei der Arbeit zu verbringen. Leider sickerte die gleiche Kultur mit der Zeit in indische Unternehmen ein.

In den späten 90er und frühen 2000er Jahren war es das IT-Publikum, die von der nächsten Generation vergöttert wurden. Uns wurde gesagt, wir sollten so sein wie sie. Einige unserer Verwandten, deren Verwandte Ingenieursabsolventen waren, bekamen "coole IT-Jobs". Also haben unsere Eltern über unsere Zukunft entschieden. Wir sollten uns für einen Engineering-Stream entscheiden.

Um einen progressiven Sinn zu zeigen, gaben mir meine Eltern zwei Möglichkeiten. Sie fragten mich, ob ich Arzt oder Ingenieur werden wolle. Im Pool von Tausenden von Bildungsströmen wurden mir von meinen Eltern zwei Alternativen gegeben.

Um ihren Standpunkt zu rechtfertigen, könnte ich sagen, dass wir aus einem einfachen bürgerlichen Hintergrund stammten und einen Job zu bekommen der einzige Ehrgeiz war. Zu Beginn des Jahrtausends war es der IT-Bereich, der die lukrativen Arbeitsplätze bot. Also wurden wir alle dazu gedrängt, Ingenieur zu werden und irgendwie einen halbwegs anständigen Job zu finden. Auch Chaitu erlag dem elterlichen Druck.

Warum müssen wir uns für unsere Karriere als 13- bis 14-Jährige entscheiden? Warum ist unser Schicksal so früh im Leben besiegelt? Warum sollen wir der Herde folgen, auch wenn wir glauben, dass wir einzigartig sind? Diese Fragen müssen beantwortet werden.

Trotz der Befreiung unseres Finanzsystems war unser Bildungssystem weiterhin in Trümmern. Innovationen gab es auch zu Beginn des neuen Jahrtausends nicht. Wir folgten den uralten Techniken des gedächtnisbasierten Auswendiglernens. Schüler mit gutem Gedächtnis konnten in den Prüfungen gut abschneiden und Bestnoten erzielen. Es war dieses Mal, kurz bevor wir im Begriff waren, unsere mittleren Teenager zu treffen, wurde ein seltsames Konkurrenzgefühl erzwungen auf uns. Bis jetzt waren wir Schulfreunde, die sich gegenseitig halfen, miteinander spielten und einander liebten. Jetzt wurde von uns erwartet, dass wir konkurrieren.

Einige Wettkampfprüfungen wurden von vielen Schulen in Dombivli angesetzt und Top-Ranglisten erhielten besondere Unterstützung bei der Karriereplanung. Warum müssen sie nur Topper für die Karriereunterstützung unterstützen? Welche Art von Planung können wir mitten im Teenageralter über Karriere und Leben machen? Ist es nicht zu früh, um überhaupt zu begreifen, was los ist?

Meine Eltern wollten immer, dass ich in allen Aspekten des Lebens wettbewerbsfähig bin. Ich musste an Wettbewerben wie elocution, essay writing, debates, GK, etc. teilnehmen. Ich habe es genossen, konnte aber keine gewinnen. Wenn du nicht gewinnst, finden Eltern Befriedigung darin, dass du es zumindest besser gemacht hast als dein Freund.

Die Wettbewerbe zerstörten meine Gleichung mit Chaitu. Wir wurden jetzt mehr als Konkurrenten denn als Freunde gesehen. Von da an war die Freundschaft nie mehr dieselbe. Selbst in den Klassentests verglichen wir unsere Ergebnisse und runzelten die Stirn, als wir lächeln und glücklich sein sollten. Die Konkurrenz hat uns unsere unschuldigen Freuden und unsere Freundschaft genommen.

Wir wenden Darwins Theorie überall im Leben "Überleben des Stärkeren" an. Und dann suchen wir Stolz darauf. Wir freuen uns über einen halsabschneiderischen Wettbewerb für die menschliche Zivilisation. Wir kreieren jungle-raj. Es gibt keine Empathie für diejenigen, die nicht überleben. Es gibt keine Bemühungen, einen Raum für alle in unserer

Gesellschaft zu schaffen, so dass keineeiner scheitert und jeder kann mit seinem Leben etwas Wertvolles tun.

Ich erinnere mich deutlich an einen Vorfall. Wir waren in der 8. Klasse und warteten auf unsere Ergebnisse. An diesem Tag passierte etwas anderes. Zum ersten Mal bekam Chaitu bessere Noten als ich. Er hat die Prüfungen nicht bestanden, aber trotzdem hat er mehr erzielt als ich. Seine Eltern waren auf dem Gipfel der Welt. Meine Eltern reagierten, als wäre jemand gestorben.

Ich habe gehört, wie schwierig das Leben für meine Eltern war und wie einfach das Leben für mich war. Ihre Eltern konnten sich aufgrund der Armut kaum etwas leisten, aber dennoch schafften sie es, mit harter Arbeit und Entschlossenheit aus dieser Situation herauszukommen. Die Gesichtsausdrücke meiner Großeltern waren erbärmlich. Sie wurden dazu gebracht, sich schuldig zu fühlen, weil sie nicht genug getan hatten.

Ich musste diese emotional aufgeladene Familienrhetorik bis zu unseren nächsten Prüfungen ertragen, als ich ein paar Noten mehr als Chaitu erzielte. Aufgrund der emotionalen Folter, die ich zu Hause erlebte, war mein einziges Ziel, Chaitu zu übertreffen, anstatt die Konzepte zu verstehen und eine kostbare Kindheit zu genießen.

Die meisten von uns, die berufstätige Eltern hatten, wurden von unseren Großeltern aufgezogen. Daher haben wir eine starke kulturelle Neigung entwickelt. Die meisten von uns waren keine Rebellen wie die GenZs. Wir haben unsere Eltern immer respektiert, als wir

Kinder waren, oder besser gesagt, wir hatten Angst vor ihnen. Sie konnten unsere Entscheidungen und Entscheidungen leicht beeinflussen. Unsere Eltern erlaubten uns nicht, unsere Meinung zu formulieren.

Meine Eltern haben ihr gesamtes Einkommen für meine Ausbildung ausgegeben, dafür zu sorgen, dass ich das Beste bekomme. Aber sie haben nie realisiert, dass das, was sie mir zu geben versuchten, bereits veraltet und keineswegs das Beste war.

Einmal gingen wir zu einem örtlichen Schreibwarenladen, um Schreibwaren für die Schule zu kaufen. Eine andere Familie war gekommen, um Schreibwaren zu kaufen. Meine Eltern wählten den teuersten Stapel von Markennotizbüchern. Als ich die markenlosen Notizbücher sah, gab es keinen großen Unterschied. Mir gefielen die Cover-Designs auf den Nicht-Marken-Designs besser. Aber meine Eltern zwangen mich, die Marken-Designs zu nehmen. Das andere Kind im Laden wollte auch Notizbücher mit Markenzeichen. Aber seine Eltern konnten sie sich nicht leisten. Also baten sie ihn, die Markenlosen auszuwählen. Meine Eltern hatten die Gelegenheit, sich zu rühmen.

Papa hob den Moment hervor,

„Siehst du, wir bieten dir nur das Beste. Andere Eltern können es sich nicht einmal leisten. Sie sollten also wissen, wie sehr Sie sich bemühen sollten, bei den Prüfungen an erster Stelle zu stehen."

Ich habe keinen Zusammenhang zwischen dem Kauf von Marken-Notizbüchern und der Erwartung, dass ich an erster Stelle stehe, gesehen. Es ist nur Papier. Egal wie gut die Papierqualität ist, was ich darauf schreibe, wird mir gute Ergebnisse bringen. Es war eine andere Erpressungstaktik, und ich hatte es satt. Mein Interesse am Studium begann zu sinken.

Ich war jetzt in der 8. Klasse und meine Eltern machten sich bereits Sorgen um meine Standardprüfungen für das zehnte Brett. Sie haben mich in ein überhyptes Coaching-Center gesteckt, um gute Noten zu gewährleisten. Meine Eltern haben alle ihre Ersparnisse geleert. Chaitus Eltern schrieben ihn ebenfalls in die gleiche coaching-Center. Jetzt mussten wir auch in Coaching-Prüfungen antreten. Das glückliche Leben eines Teenagers wurde von Erwartungen, Vergleichen und Wettbewerb in den Schatten gestellt.

Die Coaching-Kurse waren eigentlich "Erstickungskurse". Sie erstickten den Denkprozess. Sie imitierten das Prüfungsformat und verhängten zwei Jahre lang eine gefängnisähnliche Studienstruktur. Sie haben den gesamten Lehrplan auswendig gelernt. Sie stellten Lehrer ein, die den Unterricht als bloßen Job und nicht als Kunst oder Leidenschaft betrachteten. Die Fakultät dieser Coaching-Institute bildeten vor allem Menschen, die anderswo keine Arbeit finden konnten und nicht in der Lage waren, Wissen zu vermitteln. Die Freude am Selbstlernen wurde durch die Coaching-Klassenstruktur zerstört.

Ich erinnere mich lebhaft daran, ein solches Coaching-Center in Dombivli besucht zu haben. Die Gebührenstruktur war verhandelbar. Du könntest verhandeln. Mein Vater war ein Profi darin. Er sorgte dafür, dass der Centermanager meine Gebühren erheblich reduzierte, indem er mit meinen Noten prahlte.

"Du siehst, wenn er die richtige Anleitung bekommt, kann er seine Noten weiter verbessern und du brauchst auch Studenten, die das Richtige tun, nicht wahr?" Mein Vater war bei seinen Verhandlungen am besten.

Der Centermanager war überzeugt. Er musste dem höheren Management Ergebnisse zeigen. Er akzeptierte leicht: "Okay, Sir, wir geben Ihnen einen Rabatt und er kann ab nächster Woche beitreten."

"Nächste Woche?" Ich war sprachlos. Ich sollte für die Klassen 9 und 10 trainiert werden, als ich noch in Klasse 8 war.

Warum zum Teufel sollte ich nächste Woche mitmachen?

Der Centermanager antwortete: "Die Fakultät muss Ihre Stärken und Schwächen kennen und verstehen, damit sie mit Ihnen daran arbeiten kann."

„Meine Stärken und Schwächen? Schicken sie mich zu den Olympischen Spielen oder was?" Ich beschwerte mich bei Mama.

Mama war nicht in der Stimmung, sich etwas anzuhören,

„Wir haben entschieden, dass Sie ab nächster Woche dabei sein werden. Wir haben es irgendwie geschafft, Geld zu sparen, um Ihre Coaching-Gebühren zu bezahlen. Alles, was Sie tun müssen, ist hart zu lernen. Was ist dein Problem?"

„Mama, ich habe von meinen Senioren noch nichts Gutes über dieses Coaching-Center gehört. Lassen Sie uns ein paar weitere Optionen ausprobieren, bevor wir die Gebühren bezahlen. Und warum muss ich ab nächster Woche selbst anfangen? Sie geben mir auch keine Urlaubszeit. Meine Sitzungen beginnen, sobald meine Prüfungen enden. Ich muss auch zur Cricket-Akademie."

Ich drückte meine Enttäuschung aus.

"Hast du irgendeinen Ernst mit deinem Leben? Die zehnten Brettprüfungen der Klasse sind der Wendepunkt Ihres Lebens. Wenn es Ihnen nicht gut geht, wer wird Sie dann in ein gutes College aufnehmen? Du wirst in falsche Gesellschaft geraten, wenn du ein mittelmäßiges College bekommst."

"Mama, ich denke, ich werde meine 11. und 12. Klasse in meiner Schule selbst machen", versuchte ich mein Bestes, um meinen Standpunkt auszudrücken und sie zu beruhigen.

"Halt die Klappe! Wir ziehen nach Navi Mumbai um, nachdem Sie 10. Also müssen Sie gut punkten, um ein College in diesem Bereich zu bekommen."

Das war eine Neuigkeit für mich.

Chaitu ist dem gleichen Coaching-Center beigetreten. Seine Eltern konnten es sich kaum leisten, also liehen sie sich Geld, um seine Coaching-Gebühren zu bezahlen. Ich war so angewidert von dieser Herangehensweise. Hat es sich überhaupt gelohnt?

Eines Tages konfrontierte ich Chaitu.

"Wir sind wegen dieser dummen Noten im Streit. Wir sind viel mehr als das, Chaitu. Es bleiben nur noch zwei weitere Schuljahre. Lasst uns nicht verbittert zueinander sein."

"Ich muss es gut machen, Bruder. Seit ich mehr als du erzielt habe, sind die Erwartungen meiner Eltern himmelhoch geworden. Jetzt wollen sie, dass ich es noch besser mache. Sie haben es irgendwie geschafft, die Gebühren zu bezahlen. Sie müssen auch für das College meiner Schwester bezahlen. Also, ich weiß nicht, wie es funktionieren wird. Bitte macht mir nichts aus, aber ich glaube nicht, dass die Dinge jemals wieder normal sein werden."

Chaitu ging mit hängenden Schultern weg. So sollte es also sein.

Kapitel 9

Zu Beginn des Jahrtausends gab es einige Schockwellen in der Welt des Cricket.

Ehemaliger Captain Mohd. Azharuddin und Vize-Kapitän Ajay Jadeja wurden beschuldigt, zusammen mit einigen internationalen Cricketspielern Spielabsprachen getroffen zu haben. Ein Verbot wurde ihnen auferlegt. Hartgesottene Cricket-Fans wurden verletzt. Ich habe es geschafft, mit Chaitu darüber zu sprechen. Aber Chaitu hatte das Interesse an anderen Dingen verloren, da er unter enormem Druck stand. Also hatte ich niemanden, mit dem ich meine Qual teilen konnte.

Nach einer Weile übernahm Sourav Ganguly die Zügel als Kapitän des indischen Cricket-Teams. Das Team wurde von Jugendlichen wie Yuvraj Singh, Harbhajan Singh, Virender Sehwag und Zaheer Khan unter Druck gesetzt. Ganguly gab diesen Jugendlichen das Selbstvertrauen, alles zu geben und ihr Herz auszuspielen. Die Cricket-Welt begann nun, das indische Cricket-Team als ernsthaften Konkurrenten zu nehmen. Wir haben es geschafft, das Finale des ICC-KO-Turniers zu erreichen, und innerhalb eines Jahres haben wir es geschafft, das allmächtige australische Team in einer Testserie zu Hause mit 2: 1 zu schlagen. Diese Serie sah die Entwicklung eines Retters namens VVS Laxman im Test Cricket. Seine Match-winning Innings von 281 im Kolkata-Test sind vielleicht die besten Test-Innings, die von den Kindern meiner Generation, den 90er-Jahre-Kindern, erlebt wurden. Im darauffolgenden

Jahr, als Indien England im Finale der NatWest Trophy bei Lords besiegte, winkte Ganguly vom Balkon ab. Dies ist nach wie vor ein ikonisches Bild in den Herzen der Kinder der 90er Jahre. Es war der Moment, in dem das indische Cricket wirklich seinen Höhepunkt erreichte.

Aber das Jahr 2001/02 war nicht das denkwürdigste Jahr sowohl auf persönlicher als auch auf politischer Ebene. Ich war jetzt in Klasse 10, ein lebensveränderndes Jahr für meine Eltern.

Persönlich hat eine Person, die ich bisher nicht von Angesicht zu Angesicht gekannt und nur von ihr gehört hatte, mein Leben negativ beeinflusst. Ihr Name war Nisha Dixit. Sie war die Tochter der Freundin meiner Mutter. Auch sie war im selben Coaching-Center eingeschrieben wie ich. Jeden Sonntag führte das Coaching-Center einen Test zu den während der Woche behandelten Themen durch. Meine Mutter und ihre Freundin kamen jeden Sonnentag ins Coaching-Center, nur um unsere Noten zu vergleichen.

Nisha würde immer die Prüfungen übertreffen und ich würde kläglich scheitern. Ihre Mutter ging über ihre Noten hinweg. Mama würde mir "den Blick" geben, dass ich mich wie ein Krimineller fühle. Sie würde mich weiterhin damit belästigen, was leicht als emotionale Folter gelten könnte. Wenn wir in den USA wären, hätte ich die Emanzipation von meinen Eltern beantragen können und die Sozialversicherungen hätten mich gerettet.

Nisha war gut im Studium und bekam gute Noten jedes Mal. Ich war nicht so gut wie sie. Das war eine Tatsache.

Aber die indischen Eltern der 90er Jahre betrachteten ihre Kinder als ein Produkt, das auf dem Markt aufrechterhalten werden musste. Das Produkt musste so gepflegt und entwickelt werden, dass es sich am Markt verkaufen konnte.

Leider war die Positionierung und Segmentierung dieses Produkts selbst viele Male falsch. Das einzigartige Produkt, das durch die Schaffung eines Nischenmarktes für sich selbst hätte gedeihen können, konkurrierte mit den Giganten im Geschäft und musste schließlich zurückgerufen werden. Dies geschah bei den meisten Kindern in den 90er Jahren, aber das hinderte die Eltern nicht daran, neue Änderungen am Produkt vorzunehmen, um es erneut auf den Markt zu bringen. Ich fühlte mich objektiviert und verlor jeden Respekt vor meiner Mutter.

Unsere Kultur betrachtet die Mutter als Gott überlegen, da sie die Gabe der Schöpfung hat. Nur eine Mutter kann spüren, was ihr Kind durchmacht. Meine Mutter hat meinen Schmerz gesehen, aber sie hat immer noch versucht, mich davon zu überzeugen, dass all das zu meinem Besten ist. Sie schnappte mich ab und zu an. Ich wurde in jedem Fall beleidigt. Ich wurde glauben gemacht, dass es in Ordnung wäre, wenn ich jetzt unglücklich wäre, weil ich bald glücklich im Leben sein würde. Aber wann?

Es war etwas schrecklich falsch in der Art und Weise, wie wir als Familie funktionierten, und niemand erkannte es an. Dies brach meine emotionale Neigung zu meiner Mutter. Sie hat alles für mich getan, aber sie hat erwartet, dass ich jemand bin, der ich nicht bin. Also entfernte ich mich emotional von ihr.

Während ich persönlich traurig war, war das Jahr 2002 einen weiteren ernsten Ruck auf das säkulare Gewebe Indiens. Am 27. Februar 2002 wurde ein Zug, der von Ayodhya zurückkehrte und von hinduistischen Pilgern bestiegen wurde, in Godhra niedergebrannt. Diese Pilger waren Kar-Sevaks, die Seva/Dienst in Ayodhya, dem Ort von Ram Janma Bhoom, anboten. Der Ort des Abrisses der Babri-Moschee.

Jahrelang wurde dieses Thema von jeder Partei am Brennen gehalten. Hier hat die ganze Fassade der Hindutva-getriebenen Politik ihren Anfang genommen. Politische Karrieren wurden durch die Einhaltung oder Ablehnung dieser Agenda gemacht und gebrochen. Diesem Vorfall folgte ein weiterer Ausbruch von Gewalt in Ahmedabad und anderen Teilen von Gujrat. Diese Gewalt dauerte rund 3 Monate. Die Rechts- und Ordnungslage war am schlimmsten. Der Ausbruch der Gewalt gegen die muslimische Minderheit dauerte noch Monate an.

Untersuchungen ergaben, dass ein großer Streit zwischen den Zugpassagieren und den Verkäufern auf dem Bahnsteig ausbrach. Das Argument wurde gewalttätig, und 4 Reisebusse des Zuges fingen Feuer mit mehr als 59 Passagieren, die im Inneren festsaßen. Dem Angriff auf den Zug folgte ein landesweiter Bandh oder Streik der rechten Hindu-Organisation Vishwa Hindu Parishad.

Der ehrenwerte Oberste Gerichtshof hatte solche Bandhs für verfassungswidrig erklärt, da sie in dem bereits brennenden Staat weitere Gewalt anstiften könnten. Dieser Vorfall brachte einen Halbgott zur Welt, der später das Gesicht der indischen Politik für immer verändern sollte. Er war der damalige Chief Minister von Gujarat Narendra Da- modardas Modi. Sein zweiter Mann Amit Shah erhob sich ebenfalls zum Ruhm und wurde zum Chanakya der indischen Politik. Modi war eine eingefleischte Hindutva-Ikone, und er nahm an Fernsehdebatten teil, um Gift gegen die gesamte muslimische Gemeinschaft auszuspucken. Er war der Hauptorganisator von L.K. Advanis Rath Yatra, was schließlich zum Abriss von Babri Masjid führte. Modi hatte eine Mehrheit in der Versammlung und hatte seine Vertrauten in der Bürokratie sowie in der Rechtsmaschinerie.

Viele politische Kommentatoren haben der damaligen Landesregierung unter Narendra Modi vorgeworfen, an den Angriffen mitschuldig zu sein, indem sie entweder die Gewalt gegen die Minderheiten nicht kontrollieren oder selbst aktiv an der Planung und Durchführung der Angriffe beteiligt sind.

Die rechte Hindutva-getriebene Politik, die nach dem Babri-Abriss im Dornröschenschlaf lag, war nun hellwach. Narendra Modi wurde vom Shiv Sena-Supremo Balasaheb Thackeray verteidigt. Er war der erste, der sich auf die Seite von Modi stellte. Der damalige Premierminister Vajpayee war nicht allzu glücklich mit der Situation in Gujarat, und er war besonders verärgert über Modi, weil er Recht und Ordnung falsch gehandhabt hatte. Aber Modis Mentor L.K. Advani überredete Vajpayee, ihm eine weitere Chance zu geben.

Vajpayee hätte Modi dann verdrängen sollen. Hätte er das getan, wäre die Geschichte der indischen Politik ganz anders verlaufen. Vajpayee befahl ihm gerade, Rajdharma bei einer Pressekonferenz zu folgen, und Modi antwortete: "Wohi toh kar rahe hain Sahab."

(Das ist es, was wir tun).

Modis Interpretation von Rajdharma war anders. Er beherrschte eine vorsätzliche Form der ethnischen Säuberung in Gujarat. Er wurde von allen unterstützt, von der Polizei bis zur Rechtsmaschinerie. Diejenigen, die sich ihm widersetzten, schmachten immer noch in Gefängnissen.

Die vom Obersten Gerichtshof ernannte SITZUNG gab ihm 2012 ein sauberes Geplänkel und machte ihn damit zu einem geeigneten Premierministerkandidaten der BJP bei den Wahlen 2014.

Indien war nach Godhra nie mehr dasselbe. Die Minderheiten haben sich seitdem nie mehr sicher gefühlt und immer unter Bedrohung gelebt. Nach offiziellen Angaben endeten die Unruhen mit 1044 Toten, 223 Vermissten und 2500 Verletzten. Aber wie aus anderen zuverlässigen Quellen hervorgeht, lag die Zahl der Todesopfer bei mehr als 2000.

Was haben wir als Nation erreicht?

Ist es das, wofür unsere Vorfahren gekämpft haben - für Opfer? Welche Form der Unabhängigkeit war das? Wir sind immer noch auf der Suche nach Antworten.

Dieser Vorfall hat mich persönlich betroffen gemacht.

Meine Mutter und ich begleiteten meinen Vater auf einer offiziellen Reise nach Vadodara. Der Plan war, einen kleinen Urlaub zu machen, sobald mein Vater mit seiner Arbeit fertig war. Wir erreichten Vadodara und wurden in einem Firmengästehaus untergebracht. Als wir dort ankamen, konnten wir einige Unruhen unter den Menschen spüren.

Meine Mutter fragte den Hausmeister: „Gibt es ein Problem? Warum gibt es so viel Unruhe in der Gegend?"

"Eure Erhabenheit, es scheint ein Problem in Godhra zu geben." Bestätigte er.

Wir haben den Ernst der Situation nicht gespürt.

Mein Vater ging zur Arbeit und wir blieben im Gästehaus zurück. Der Arbeitsplatz meines Vaters war weit weg vom Gästehaus. Für ihn wurde eine Firmenabholung arrangiert. Nach einer Weile, als es kein weiteres Update über die Situation gab, gingen wir davon aus, dass die Dinge normal waren.

Ich habe mir ein Fahrrad vom Hausmeister geliehen. Als ich die Nachbarschaft umkreiste, bemerkte ich einen Mob, der sich aus der Ferne näherte. Der Mob ging auf sein Ziel zu - eine Gruppe bewaffneter Kerle. Beide Mobs prallten aufeinander. Es war eine hinduistische Gruppe, die eine muslimische Gruppe angriff. Ich beobachtete es aus der Ferne und zitterte und pinkelte mir in die Hose. Ich fing an, zurückzufahren.

Andere wie ich rannten in einen sichereren Bereich. Muslime fanden keine Unterstützung von Strafverfolgungsbehörden. Ich habe niemanden gesehen, der versuchte, die Situation zu beruhigen. Um der mehrheitlich hinduistischen Gemeinschaft gegenüber fair zu sein, hatten auch sie Todesangst wie jeder andere. Muslime zu unterstützen, würde Illoyalität gegenüber den eigenen bedeuten und die Wut der Machthaber auf sich ziehen. Ein anderer Mob entdeckte mich und ein Typ im Mob bemerkte meine durchbohrten Ohren.

"Te apano che!"

(Er ist einer von uns.) Er sagte zum Mob und zog weg.

In der Nähe der Moschee gibt es einige Probleme. Ein paar mehr Menschen brauchen deine Hilfe. Bitte rette sie auch."

Flehte ich.

„Woh log hamare nahi hain. Tujhe un laandon ke saath marna hain? Zum Chupchap ghar ja"

(Das sind nicht unsere Leute. Willst du mit diesen Schweinen sterben? Geh ruhig nach Hause), sagte der Mann wütend.

Der Mob machte weiter. Ich hatte immer noch Scheiße Angst vor dem, was um mich herum geschah. Es war nur ein Trailer des Blutvergießens, das gleich folgen sollte. Die Situation war so schlimm, dass ich Hilfe brauchte, um zum Gästehaus zurückgebracht zu werden, das kaum einen Kilometer vom muslimischen Viertel entfernt war. Ich weinte. Plötzlich spürte ich von hinten eine Hand auf meinen Schultern.

Ein alter muslimischer Mann mit einem weißen Bart und einer Mütze fragte mich: "Beta kaha jaana hain tumhe?"

(Sohn, wo willst du hin?)

Ich war mir sicher, dass dieser muslimische Mann mich nicht verschonen würde. Ich weinte. Der alte Mann spürte meine Angst.

"Beta daro mat, mein tumhe kuch nahi karunga."

(Hab keine Angst, mein Sohn, ich werde dir nicht wehtun.)

Der alte Mann brachte mich sicher zum Gästehaus.

Ich war so überwältigt, dass ich zu weinen begann. Fragte ich ihn.

"Aap wapas kaise jaoge? Aage khatra hain."

(Wie wirst du zurückgehen? Es liegt Gefahr vor uns.)

„Beta, jyada mat socho. Ab ghar par hi raho, shayad mahaul jyada bigad sakta hain."

(Denken Sie nicht zu viel nach. Bleiben Sie zu Hause. Die Situation kann sich verschlimmern.)

Der alte Mann ging, nachdem er mich verabredet hatte. Er war Muslim. Er wusste, dass ich Hindu bin. Doch er half mir zu einer Zeit, als sein eigenes Leben auf dem Spiel stand. Das Bild des alten

der Mann mit dem weißen Bart und der Mütze blieb für den Rest meines Lebens bei mir. Ich wurde konditioniert zu glauben, dass Muslime böse sind. Aber heute wurde ich von einem Muslim gerettet, der sein eigenes Leben für meine Sicherheit riskierte. Es war ein Augenöffner für mich.

Mir wurde klar, wie engstirnig und voreingenommen meine Ansichten waren! Warum müssen Muslime ihre Loyalität gegenüber Indien beweisen, indem sie jedes Mal ihr eigenes Leben riskieren? Ich hatte noch nie eine unangenehme Erfahrung mit einem muslimischen Bürger, aber ich hatte so viel Hass gegen ihn genährt. An diesem Tag erkannte ich die wahre Bedeutung der Menschheit.

Keine Religion ist der Menschheit überlegen. Jedes Leben zählt und kein Leben darf in Gewalt verloren gehen.

Mein Vater war in seinem Firmenwerk stationiert, da nur wenige in Vadodara deklariert wurden. Dort blieb er drei Tage. Sie beherbergten auch einige Arbeiter, die weit weg oder an bedrohten Orten blieben. Einige der Angestellten kamen mit ihren Familien herein, weil sie befürchteten, zu Tode verbrannt zu werden. Wir konnten kaum essen oder schlafen, bis mein Vater ins Gästehaus zurückkehrte. Was er in dieser Phase miterlebte, veränderte ihn völlig.

Bei Unruhen verlieren wir keine Hassmacher oder Anstifter von Unruhen. Wir verlieren gewöhnliche Bürger, die provoziert wurden, zu den Waffen zu greifen und ihre Religion zu retten. Karl Marx hat zu Recht gesagt, dass „Religion Opium für die Massen ist".

Wenn einem einfachen Mann durch seine religiösen Überzeugungen die Augen verbunden werden, spielt für ihn nichts anderes eine Rolle. Er ist bereit zu töten oder getötet zu werden.

Die Godhara-Aufstände von 2002 waren ein solcher Fall in der indischen Geschichte, bei dem die Aufständischen zur dominierenden Kraft in der indischen Politik wurden. Nicht nur Minderheiten werden bei den Unruhen getötet. Selbst die unschuldige Mehrheit steht vor der Hauptlast.

Mehr als 250 Hindus wurden bei den Unruhen getötet und sind immer noch auf der Suche nach Gerechtigkeit. Der politische Nexus, der für die Unruhen verantwortlich war, gewann an Dynamik und wurde zu einem Kult in der indischen Politik.

Die Hindus, die einer Gehirnwäsche unterzogen wurden, um zu glauben, dass ihre Religion bedroht war, erblickten nie wieder das Licht der Welt.

Kapitel 10

Bald nach den Godhra-Aufständen erschien ich zu meinen 10. SSC-Vorstandsprüfungen.

Damals waren SSC-Vorstandsprüfungen für unsere Eltern eine Frage von Leben und Tod. Wir sollten den Mantel unserer Familie tragen und das Prestige würde uns nur verliehen, wenn wir nach den von der Gesellschaft festgelegten Standards erfolgreich waren.

Nach den Vorstandsprüfungen wollte ich aus Dombivli ausziehen und deshalb wollte ich die Dinge zwischen mir und Chaitu wieder in Ordnung bringen. Vielleicht würden wir uns nie treffen. Ich musste mich bessern. Unser Freundschaftsschiff wurde gefährdet, weil unsere Eltern wollten, dass wir konkurrieren.

Irgendwie schaffte ich es in den Brettern, ein Prozent mehr als Chaitu zu erzielen. Aber überraschenderweise war Chaitu glücklich, weil er anständig getroffen hatte. Vielleicht erkannte er irgendwo die Sinnlosigkeit dieses Wettbewerbs. Wir umarmten uns liebevoll.

"Also, das ist es. Die Schule ist vorbei." Ich seufzte, mein Herz

überfüllt mit bittersüßen Emotionen.

"Ja. Die Tage vergingen wie im Flug." Chaitu wollte mehr sagen. Er blieb eine Weile stehen und fuhr dann fort. "Hör zu, es tut mir leid, ich war so ein Arsch. Mir hätte klar werden müssen, dass du aus dieser Stadt ausziehen würdest und wir uns jetzt selten treffen würden. Ich wünschte in unseren letzten Jahren, ich hätte versuchen können, mehr Erinnerungen für uns zu schaffen. Ich war verloren. Ich wusste nicht, wie ich mich der Konkurrenz stellen sollte, besonders nicht mit dir. Wir waren immer im selben Team, egal was passiert. Ich weiß nicht, was in mich gefahren ist."

"Hey!! Wir sind immer noch das gleiche Team. Das werden wir immer sein." Antwortete ich unter Tränen.

"Bleib in Kontakt mit Yash. Wir werden bald unsere eigenen Mobiltelefone haben. "

„Ja! Hast du das Schlangenspiel gesehen? Es ist lächerlich. Ich hoffe, dass sie die Grafik in Zukunft verbessern werden." "Grafiken in Handys? Was sagst du da?" Chaitu glaubte es nicht.

"Ja. Ich habe im Digit-Magazin gelesen. Wir können sehr bald auf den gesamten Computer auf unseren Handys zugreifen."

"Wow! Das ist verrückt!" Chaitu schien erstaunt zu sein. "Stellen Sie sich vor, wir würden uns täglich aus jedem Teil der Welt sehen. Technologie ist dope Chaitu."

"Ja. Das ist es in der Tat."

"Zeit, Chaitu zu gehen. Ich will nur ein Versprechen von dir. FÜR IMMER SACHINIST."

"SACHINIST FÜR IMMER." Ich umarmte Chaitu erneut.

Das College-Leben war eine neue Reise. Ich habe mich darauf gefreut. Ich habe jedoch nicht halb vorausgesehen, in welche Art von Durcheinander ich geraten war. Aber so ist das Leben, nicht wahr?

Da war diese Sache mit dem Besuch des Junior Colleges. Wie die "Generation Z" sagen würde, gab es Swag dazu. Wir konnten jeden Tag Freizeitkleidung zum College tragen. Wir waren jetzt College-Kids.

Leider hatte ich diesen Vorteil nicht. Meine Punktzahl war unter meinen Freunden gut. Aber es war nicht gut genug, um mir die Zulassung zu einem Junior College zu verschaffen. Also landete ich in einer Schule mit einem angeschlossenen Junior College.

Ich musste morgens um 5:30 Uhr aufstehen und mit dem Zug zur Schule in Chembur, Mumbai, fahren. Ich bestieg einen Zug vom Bahnhof Nerul nach Chembur zusammen mit einem Kerl namens Karthik, der nichts anderes als Akademiker kannte. Er studierte, während er im Zug war. Er studierte in der Auto-Rikscha vom Bahnhof zur Schule. Bei seiner Rückkehr tat er dasselbe. Sein einziger Fokus war es, die medizinischen Aufnahmeprüfungen zu knacken.

Meine Eltern wollten, dass ich für IIT gehe. Nach meinen 10. Board-Ergebnissen hatten mich meine Eltern zu einem Seminar mitgenommen, bei dem ich einer Gehirnwäsche unterzogen wurde, um zu glauben, dass der Einstieg in das IIT der einzige Weg ist, um im Leben erfolgreich zu werden. Das Seminar wurde von einem Coaching-Center durchgeführt, das die Studierenden auf die IIT-Aufnahmeprüfungen vorbereitete. Eltern in Mumbai schickten ihre Kinder oft nach Kota, um 2 Jahre lang gegrillt zu werden, um die Aufnahmeprüfungen zu knacken. Meine Mutter war gegen diese Idee. Sie wollte die Kontrolle über mein Leben. Leider lief für uns beide nichts richtig.

Die zwei Jahre HSC-Vorstände und Aufnahmeprüfungen waren wie eine Hölle für mich. Es gab Zeiten, in denen

Ich wollte sterben, nur weil ich in Physik, Chemie und Mathematik nicht gut genug war. Ich fand Leute um mich herum, die dieses Zeug leicht machten, aber für mich war es ein ständiger Kampf. Ich zerriss meine Bücher und meine Notizen mehrmals, weil ich kein Wort verstehen konnte. Ich war nicht dafür geschaffen. Aber jetzt hatte ich keine andere Wahl. Hier war ich und versuchte, in ein College zu kommen, dessen Auswahlprozentsatz 0,01% beträgt. Ich ging oft leer aus. Mein Verstand war taub.

Jeden Sonntag hatten wir Tests und in der folgenden Woche gaben sie die Ergebnisse heraus. Ich habe in einem solchen Test ein Minus von 2 erzielt und das Ergebnis wurde vor der ganzen Klasse bekannt gegeben. Alle lachten mich aus, verspotteten mich. Der Lehrer erniedrigte mich, indem er mich aus der Klasse warf. Mein Selbstvertrauen sank unter den Gefrierpunkt.

Meine Eltern fanden meine Ergebnisse heraus und gerieten in Panik. Sogar meine regulären College-Prüfungsnoten waren so stark gesunken, dass das Bestehen der HSC-Vorstandsprüfungen wie die Besteigung des Mount Everest zu sein schien.

Ich schaffte es, meine Prüfungen der 11. Klasse mit einem marginalen Bestehensprozentsatz zu bestehen. Aber jetzt war es zu spät, um sich für einen normalen Coaching-Kurs für HSC-Vorstände anzumelden. Die Chargen hatten bereits begonnen und es gab keine freien Stellen. Also war ich in einem lokalen Kurs eingeschrieben. Es wurde von einem Mädchen geleitet, das selbst Ingenieurstudentin war und das Geld brauchte. Meine Eltern vertrauten ihr, dass sie mir helfen würde, aber sie hatte ihre eigenen familiären Probleme. Sie verließ mich auf halbem Weg, ohne auch nur 10% des Lehrplans fertiggestellt zu haben. Ich musste wieder für mich selbst sorgen.

Ich nahm die Dinge selbst in die Hand und schaffte es, ein respektabler Prozentsatz in den HSC-Platinen.

Egal, wie viel Sie in Ihren Vorständen oder bei den Aufnahmeprüfungen für Ingenieure punkten, unsere Politiker betreiben genug Hochschulen in und um Mumbai für Kinder mit einem anständigen Familieneinkommen, um einen Ingenieurplatz zu beschaffen oder zu kaufen. Dank meiner miserablen Leistungen bei den Aufnahmeprüfungen wurde mir auch ein solcher Sitzplatz von meinen Eltern gekauft.

Ich hatte wirklich das Gefühl, meine Eltern im Stich gelassen zu haben. Sie arbeiteten ihr Leben lang, nur um sicherzustellen, dass ich eine qualitativ hochwertige Ausbildung für ein einfaches Leben vor mir habe. Meine Mutter sorgte dafür, dass sie trotz ihrer gesundheitlichen Probleme bei ihrer Arbeit blieb, um sicherzustellen, dass ich nicht finanziell belastet wurde. Wir hatten sicher unsere Differenzen. Sie hatte eine diktatorische Einstellung zu meinem Leben, die ich nie akzeptieren konnte. Ich wusste, dass sie alles tat, um sicherzustellen, dass ich finanziell abgesichert war.

Und hier stand ich in einer Schlange mit meinem Vater mit zwei Lakh Rupien Geldspende für einen Platz in der Ingenieurschule.

Ich habe mich vor Beginn meines Studiums für ein Coaching für technische Fächer eingeschrieben, nur um weitere Demütigungen aufgrund von Noten zu vermeiden. Aber wie immer sind die Coaching-Institute am besten dafür bekannt, zu ersticken.

Während der Aufnahmen sagte der Centermanager zu mir: „Jeder kommt hierher, um zu coachen und Tausende zu bezahlen, aber nur wenige schaffen es, zu bestehen. Die Erfolgsquote ist sehr niedrig. Kaum 20 % klären alle Fächer. Ruhen Sie sich alle mit ATKT aus." Ich sah ihn nur an und stellte mir dann vor,

mein Schicksal. Was wäre, wenn ich durchgefallen wäre, obwohl ich eine Spende in Lakhs, College- und Studiengebühren in Tausenden bezahlt habe? Mein Geist war von Angst und Angst verstopft.

Ich erinnere mich noch lebhaft an den ersten Tag des Studiums. Ich stieß auf einen Jungen, der einen ähnlichen Rucksack hatte wie ich. Sein Name war Fredrick. Einige Colleges waren berüchtigt für schreckliche Vorfälle. Es gab Nachrichten von Schülern, die aufgrund von Lumpen der Demütigung erlagen. Ich hatte diese Angst. In den frühen 2000er Jahren wurde das Bewusstsein für Anti-Ragging-Bestimmungen nicht viel publiziert. Es war ein Neubeginn in meinem Leben, aber ich schwitzte stark.

Fredrick bemerkte es.

"Was ist los? Geht es dir gut, Bruder?"

"Mir geht es gut." Ich versuchte, meine Ängste zu verbergen.

"Du scheinst nicht so zu sein." Er war besorgt. "Übrigens, am Fredrick, kannst du mich Freddie nennen."

"Hallo. Ich bin Yash. Du kommst aus welchem Jahr und aus welchem Stream?"

"Machst du Witze? Ich bin frischer, genau wie du. Wäre ich ein Senior gewesen, hätte ich die Scheiße aus dir herausgerissen." "Das ist es, wovor ich Angst habe...zerlumpt! Wir müssen vorsichtig sein."

"Wenn du weiter schwitzt und in die Hose pisst, werden die Leute nach dir suchen und sie werden dich zu ihrer Schlampe machen. Lass dir ein paar Bälle wachsen."

"Du hast recht." Ich fühlte mich sicherer. "Wir bleiben zusammen, Bruder, zumindest für die nächsten Tage, bis die letzte Charge eintrifft."

"Das ist cool, Mann. Keine Sorge. Ich halte dir den Rücken frei."

Angst tut deinem Leben nichts Gutes.

Ihre Angst mag in jeder Hinsicht gerechtfertigt sein, aber am Ende wirkt sie nur als Blockade in Ihren Bemühungen. Ich hatte Angst vor Misserfolgen, da ich in Bezug auf meine akademische Laufbahn zu viele erlitten hatte. Meine Schrecken wurden noch größer, als die Chargen neu gemischt wurden, und Fredrick ging zu einem anderen Abschnitt. Ich fühlte mich einsam und unsicher.

Das Ingenieurwesen ist ein schwieriger akademischer Strom, aber das System ist so manipulativ, dass sich die Leute darum herumarbeiten und es schaffen, sich einen

Abschluss zu sichern. Ich habe ein ganzes Jahr gebraucht, um das zu verstehen. Erwartungsgemäß war mein Erstsemesterergebnis nicht etwas, auf das ich stolz sein könnte. Ich bin in einem Fach durchgefallen. Als ich mich umsah, fand ich Schüler, die in mehr als 3 Fächern durchgefallen waren. Das war eine große Erleichterung. Allerdings musste ich mich den Angriffen an der Heimatfront stellen.

"Yash. Haben Sie Ihre Ergebnisse erhalten?" Fragte Mama in ihrem besorgniserregenden Ton.

"Ja. Ich habe einen Rückstand in 1 Thema. Aber es ist in Ordnung." Ich versuchte, die Situation zu beruhigen.

„Was!!!! Du hast versagt. Und das ist in Ordnung?" Ich konnte spüren, wie sich ihr Stress aufbaute.

„Viele Schüler haben in mehr als 3 Fächern versagt, ich habe nur in einem versagt, Ma. Also, es ist in Ordnung." Ich versuchte zu argumentieren.

„Wir haben eine riesige Spende bezahlt, um Ihnen einen Platz an diesem College zu verschaffen, und Sie können nicht einmal Ihre Prüfungen ablegen. Was sollen wir sonst noch für Sie tun?", begann die reguläre Tirade…„Mein Tag beginnt um 5 Uhr morgens, ich koche für uns alle und fahre dann in einem überfüllten Zug zur Arbeit und komme dann um 7 Uhr abends zurück und sofort zurück zum Kochen, damit wir Essen auf dem Tisch haben können. Alles, was Sie tun müssen, ist zu lernen und eine anständige Punktzahl zu erhalten, damit Sie einen guten Job bekommen. Ist es zu viel verlangt?……" Mama ging weiter und weiter…

Ich hatte nichts zu sagen. Ich war gezwungen, eine Karriere zu verfolgen, in der ich nicht gut war. Ich wusste nicht genau, was ich mit meinem Leben anfangen wollte. Gab es etwas, in dem ich wirklich gut war? Ich wünschte, jemand hätte es mir sagen können.

Bis dahin hatte ich meine Großeltern verloren, mein einziges Unterstützungssystem. Zumindest standen sie zu mir, wann immer ich unten war, ohne zu urteilen.

Fredrick schaffte es, alle Fächer mit der ersten Klasse zu klären. Dieser Kerl war etwas anderes. Er hatte eine fesselnde Persönlichkeit, obwohl er kein typisch gut aussehender Junge war. Er konnte jeden mit seinem Auftreten beeindrucken und bekam natürlich Aufmerksamkeit von Mädchen. Da wir nicht in derselben Klasse waren, hatte ich irgendwie den Kontakt zu ihm verloren. Er hing oft mit Leuten aus seiner Abteilung herum. Aber sobald er von meinen Ergebnissen erfuhr, trat er an mich heran.

"Bruder, was ist passiert? Du hattest hart genug gearbeitet, um zumindest alle Themen zu klären. Wie bist du durchgefallen?"

"Ich weiß es wirklich nicht. Ich kann nicht verstehen, was ich tun muss." Antwortete ich leise.

"Bruder, du musst dich etwas entspannen." Sagte Fredrick ruhig.

Siehst du die Ironie! Diesmal verglichen mich meine Eltern nicht mit Fredrick. Ich habe es selbst gemacht.

Ich war jetzt ein Möchtegern-Fredrick. Ich habe versucht, mich cool wie er zu verhalten. Anstatt die Prüfungsstruktur zu verstehen und zu versuchen, die Fächer zu klären, begann ich, sie völlig zu ignorieren, was die Dinge noch verschlimmerte. Anschließend bin ich im zweiten Semester kläglich gescheitert. Jetzt hatte ich 3 Rückstände.

Fredrick und ich hatten uns für den Computertechnik-Stream entschieden. Da ich 3 Fächer durchgefallen bin, war meine Praxisgruppe laut Nummerierung am Ende. Fredrick, einer der Spitzenreiter, wurde mit einer Gruppe von Nerds zusammengeschlagen.

Es lief nicht gut.

Weder für mich noch für unser Cricket-Team.

Kapitel 11

Es war das Jahr 2005.

Die Trennung zwischen Captain Sourav Ganguly und Coach Greg Chappell war weit offen. Rahul Dravid wurde zum Kapitän der Seite ernannt und Ganguly wurde fallengelassen. Die nächste Weltmeisterschaft war nur noch 2 Jahre entfernt. Die Selektoren mussten einige drastische Änderungen vornehmen. Dies war in der Tat eine bahnbrechende Änderung.

Indisches Cricket hat schon immer unter dem Rätsel der Heldenverehrung gelitten. Kricketspieler sind Halbgötter. Und als Ganguly von der Seite fallen gelassen wurde, gab es Risse im ganzen Land. Wolken der Unsicherheit schwebten über indischem Cricket und die gleichen Wolken schienen mir in den Weg gekommen zu sein.

Aber Wolken ziehen mit der Brise davon. So wie die Koalitionsregierung der UPA im vergangenen Jahr unerwartet an die Macht kam, indem sie die von Vajpayee geführte NDA-Regierung stürzte.

Sonia Gandhi sollte die UPA-Regierung leiten, aber

wie üblich haben einige der Stakeholder des Nationalismus in der BJP die Frage ihrer Nationalität aufgeworfen.

Sonia Gandhi musste sich zurückziehen und Dr. Manmohan Singh wurde Premierminister von Indien. Der Aktienmarkt schoss exponentiell in die Höhe, da

Dr. Singh ein Ökonom und der Vater der indischen Wirtschaftsliberalisierung war. So war die Hindutva-getriebene Politik zumindest für eine Weile an der Seitenlinie.

Ich wünschte, ähnliche Dinge würden auch in meinem Leben passieren. Dann ist etwas passiert.

Etwas, mit dem ich nie gerechnet hatte.

Studenten, die im ersten Jahr Spitzenreiter waren und nach dem ersten Jahr ihren Strom wechseln wollten, schlossen sich unserer Praxisgruppe an. Sharvari war ein solcher Student. Sie hatte die Prüfungen im ersten Jahr mit Auszeichnung bestanden, aber während der Zulassungen erhielt sie den Elektronik-Stream und wechselte nun zu Computern.

Sharvari stammte ursprünglich aus Amravati. Sie hatte 90% in den HSC-Vorstandsprüfungen erreicht, aber aufgrund der schlechten Gesundheit ihres Großvaters konnte sie in der Aufnahmeprüfung für Ingenieure nicht gut abschneiden. Daher musste sie sich für einen Spendenplatz an unserem College entscheiden. Sie war ein großer Fisch in einem kleinen Teich. Sie verdiente ein besseres College, aber das Schicksal hatte andere Pläne.

Es war unser erster Praxistag und sie kam durch die Labortür herein. Sie trug ein rotes T-Shirt und blaue Jeans. Sie hatte ungepflegtes lockiges Haar. Ihr Körper, ihre Gesichtszüge und ihr Gesicht waren nichts weniger als perfect. Sie trug Katzenaugen und einen rosa Rucksack. Die Wangenknochen waren prominent und fügten ihrer Schönheit einen niedlichen Quotienten hinzu. Sie trug schlichte Perlenohrringe. Von ihrem allgemeinen Erscheinungsbild aus schien es, als wäre sie nicht allzu scharf darauf, ihre Schönheit zur Schau zu stellen. Ihre Einfachheit war neu und erfrischend.

Sharvari und ich waren in der gleichen praktischen Gruppe und uns wurden einige Schaltkreise gegeben, an denen wir arbeiten konnten. Es war griechisch und lateinisch für mich. Ich habe nichts verstanden.

Sharvari war reserviert. Anfangs dachte ich, sie müsse unhöflich sein, angesichts der Tatsache, dass sie eine Topperin war und nicht viel geredet hat. Aber ich habe von Ankit erfahren, dass sie sehr hilfsbereit war. Ankit, ein anderer Typ aus unserer Gruppe, der genauso ein großer Verlierer war wie ich, wurde mein einziger Freund.

Als ich mit diesen verwirrenden digitalen Schaltkreisen zu kämpfen hatte, wagte ich es einmal, sie zu bitten, mir zu helfen. Sie verpflichtete sich bereitwillig.

Sharvari begann detailliert zu erklären, wie man dem Schaltplan folgt und den Schaltkreis vervollständigt. Sie gab mir auch ein paar Hacks, um mich daran zu erinnern, dass sie mein Leben in praktischen Sitzungen etwas einfacher gemacht hat.

"Du siehst immer besorgt aus. Was ist los?" Sie erkundigte sich eines Tages.

„Ich habe im ersten Jahr 3 Rückstände und meine Eltern sind sauer auf mich. Sie haben hohe Spenden und Gebühren gezahlt. Ich fühle mich schuldig, sie im Stich gelassen zu haben, und der Stress bringt mich um."

"Das ist die Geschichte aller hier. Keiner von uns ist reich.

Und unsere Eltern arbeiten aus der Haut, damit wir eine gute Ausbildung bekommen. Du musst einen Weg finden, die Dinge auszugleichen. Sie müssen ihre Erwartungen erfüllen. Gleichzeitig muss man wissen, was man vom Leben will. Was ist Ihr Interesse? Was wünschen Sie sich? Warum haben Sie sich für das Ingenieurwesen eingeschrieben?"

"Ich habe nie darüber nachgedacht. Meine Eltern wollten, dass ich mit dem Ingenieurwesen anfange."

"Du musst herausfinden, was du willst. B.E. ist nur ein Abschluss. Es wird dir einen Job verschaffen. Aber es ist wichtig zu wissen, wer wir sind. Meinst du nicht auch? Ich weiß noch nichts über mich, aber ich bin entschlossen, es herauszufinden."

"Das ist wirklich sehr interessant."

"Du solltest es versuchen. Dies ist unsere erste Interaktion und ich gebe zu viel Gyan. Nimm das Leben nicht so ernst. Genießen Sie es und konzentrieren Sie sich trotzdem. Passen Sie auf sich auf." Sie lächelte Ihr Lächeln hinterließ für die nächsten Tage ein Lächeln auf meinem Gesicht. Jedes von ihr gesprochene Wort hallte in meinen Ohren wider. Ich wartete sehnsüchtig auf unsere nächste praktische Sitzung. Ich würde absichtlich ein paar Abfragen generieren, damit ich mit ihr sprechen kann. Die dunklen Wolken verzogen sich. Die Sonne schien. Es war hell.

Sharvari bedeutet Dämmerung, und sie hat meine Seele erleuchtet. Dies war das Gespräch, an das ich mich für den Rest meines Lebens erinnern würde.

Ich habe nicht alle Fächer im dritten Semester absolviert, aber endlich die Kontrolle über meine Akademiker nach einer sehr langen Zeit. Das Vertrauen, das ich in den letzten 3 Jahren des Kampfes verloren hatte, kam langsam zurück. Sharvaris Präsenz in meinem Leben machte die Dinge reibungsloser. Ich fühlte mich ständig zu ihr hingezogen, war mir aber nicht sicher über meine genauen Gefühle für sie.

Liebe war für mich ein fremdes Konzept. Ich hätte mir nie vorstellen können, so früh in meinem Leben Hals über Kopf in jemanden zu fallen. Für mich war das viel echter als die Probleme innerhalb der indischen Cricket-Mannschaft.

Die Colleges in unserer Zeit hatten eine süße Tradition des Rosentages und des Saree-Tages. Jungs würden den Mädchen, die sie mochten, Rosen schenken. Die Mädchen in Saris gekleidet und die Jungs trugen Formelle.

Ich glaubte, dass Schönheit mehr ist als nur Aussehen. Aber an diesem Tag wurden alle meine Überzeugungen zur Ruhe gebracht, da ich Sharvari in einem Saree sehen wollte, egal was passiert! Sie war für mich das schönste Mädchen auf diesem Planeten und ich wollte ihr eine Rose und eine Schokolade schenken. Ich hatte auch eine personalisierte Karte für sie entworfen. Ich verstand immer noch nicht, was ich für sie empfand. War es

Liebe oder etwas anderes? Was auch immer es war, es brachte mein Herz zum Lächeln.

Alle Studenten hatten sich auf dem Collegegelände versammelt. Die Digicam galt als cooles Produkt. Du könntest die Mädchen beeindrucken, indem du anbietest, ihre Fotos zu machen. Alle Mädchen, die für diesen Anlass verkleidet waren, brauchten begeisterte Fotografen. Ankit und ich hatten keine Digicam.

Ich war mit Milchschokolade, Karte und Rose in der Hand in Form gekleidet und wartete auf Sharvari. Sie trat in einen hautengen roten Seiden-Sari mit bestickter Bordüre und weinroter ärmelloser und rückenfreier Bluse ein. Sie trug keine technischen Daten, sondern braune Kontaktlinsen.

Wir hatten uns bereits registriert, wem wir Rosen schenken wollten. Der Anker verkündete nacheinander den Namen der Mädchen und dann die Namen der Jungs, die ihnen Rosen schenken wollten.

Fredrick war schlau. Er wählte die Mädchen aus, die in der Schule nicht so beliebt waren, schenkte ihnen Rosen und gab ihnen das Gefühl, etwas Besonderes zu sein. Sobald er an der Reihe war, zwinkerte er mir zu und deutete an, dass ich einen Fehler gemacht hatte, indem ich mich für Sharvari entschieden hatte.

Bald kündigte der Gastgeber an: „Der nächste Kandidat ist der beliebteste Kandidat und wurde in diesem Jahr einstimmig zur KÖNIGIN DER ROSEN gewählt. Es ist kein anderer als... Sharvari!"

Die Menge applaudierte. Ich wusste nicht, dass Sharvari so beliebt war. Jungs aus allen Sektionen und allen

Strömen aller Jahre hatten sich aufgemacht, um ihr ihre Rose zu geben.

Der Gastgeber musste eine besondere Anfrage stellen: „Da die Anzahl der Jungen, die sich aufstellen, um Sharvari Rosen zu geben, viel zu hoch ist, wird es uns nicht möglich sein, alle Namen zu nennen. Also bitte ich Sharvari, im Mittelpunkt zu stehen und all diese Jungs, nacheinander auf die Bühne zu kommen und ihr die Rose zu schenken."

Sharvari schien die ganze Aufmerksamkeit zu genießen. Sie machte Fotos mit allen und machte ihren Tag. Ich habe mich entschieden, nicht Teil dieser verrückten Show zu werden. Ich saß schweigend in einer Ecke und beobachtete Sharvari und bewunderte ihre Schönheit.

"Ich wusste, was du vorhast, Bruder. Ich dachte sogar daran, dich davor zu warnen, dorthin zu gehen, aber du scheinst glücklich zu sein." Es war Freddie.

"Ich weiß nicht, was du sagst" Ich habe versucht, cool zu klingen.

"Du musst dich nicht wie ein Hengst vor mir benehmen. Dein Selbstvertrauen ist bereits gering und du bist ein Schrei-Baby. Ich hatte Angst, dass dies deinen Geist weiter töten würde."

"Mir geht es gut, Bruder. Ich glaube nicht, dass ich gut genug für sie bin. Ich muss zuerst meinen Scheiß sortieren."

"Das musst du auf jeden Fall. Du bist gut für jeden; du musst nur Selbstvertrauen haben. Mädchen lieben selbstbewusste Jungs. Du musst das aufbauen. Sharvari ist sicher ein tolles Mädchen. Wenn du für sie fühlst, dann solltest du dasselbe vermitteln. Du musst dich nicht auf einen dummen Rosentag verlassen."

"Was ist, wenn sie sich weigert und danach aufhört, mit mir zu reden?" "Das wird sie nicht. Vertraue mir." " Freddie versicherte.

"Sag mir eine Sache, Bruder, warum hast du die Rose nicht Sharvari gegeben? Ich meine, du bist einer der beliebtesten Typen im College, du hättest leicht der Rosenkönig werden können, wenn du ihr die Rose gegeben hättest."

"Ritika und Sonali sind jetzt seit 3 Monaten bei mir im technischen Ausschuss des Colleges...

Sie sind gute, kluge, anständige Mädchen. Vielleicht entsprechen sie nicht den von unserer Gesellschaft festgelegten Schönheitsstandards. Ich wollte ihnen nur das Gefühl geben, etwas Besonderes zu sein. Deshalb habe ich ihnen Rosen als Zeichen meiner Bewunderung geschenkt."

"Wow. Das war so ein cooler Mann."

"Ja. Es fühlte sich gut an. Wir werden jetzt in einem Café abhängen. Warum kommst du nicht zu uns?"

"Das freut mich." Ich lächelte.

„Noch eine Sache, die CFL beginnt in 2 Monaten."
"Was ist CFL?" Unterbrach ich.

"Ernsthaft? Du weißt nicht einmal, was herumgeht! Die College Football League startet in 2 Monaten. Du kommst besser nach dem College zum Training."

"Bruder. Ich stehe nicht auf Fußball. Ich stehe mehr auf Cricket."

Ich wies seine Aussicht auf Praxis ab, da ich nach dem College an einem Fachcoaching teilnehmen musste.

"Es ist mir egal. Du musst Teil des Teams sein. Teamgeist lernen. Du als einsames Kind verstehst nicht, wie es ist, in einem Team zu sein." Bestand Freddie darauf. "Game on bro... ich werde da sein."

Nach unserem lebensverändernden Gespräch gingen wir in ein Café, wo Freddie Fingerfood bestellte. Ich habe es einfach gehasst. Ich fühlte mich immer wohl mit indischem Essen. Freddie verspottete mich oft, dass ich ein reiner Desi sei und niemals ins Ausland ziehen sollte. Von diesem Tag an verzehnfachte sich mein Respekt für Freddie.

Obwohl ich als Extra an der CFL teilgenommen habe, musste ich nach dem College etwas Zeit für das Training einplanen. Also, meine coaching für das Backlog-Thema wurde im morgendlichen Batch angepasst. Mein Tag würde um 6:30 Uhr morgens beginnen, wenn ich für 30 Minuten reisen würde, um an der Coaching-Klasse teilzunehmen, die um 7 begann. Das Coaching würde um 8:30 Uhr enden. Dann würde ich fast 40 Minuten reisen, um direkt zum College zu gehen und es bis 9:30 Uhr zu erreichen. Ich besuchte College-Vorlesungen bis 16:30 Uhr und tauchte dann für über eine Stunde bis 17:45 Uhr zum Fußballtraining auf und rannte dann zu einer weiteren Coaching-Klasse für Fächer des laufenden Semesters.

Ich kam jeden Tag um 22 Uhr nach Hause. Spät in der Nacht überarbeitete ich alles, was ich in Coaching-Kursen gelernt hatte. Ich wollte alle Fächer, die Rückstände sowie die aktuellen in diesem Semester selbst klären. Während unserer Zeit gab es eine goldene Regel im Engineering-Stream der University of Mumbai. Sie konnten die Fächer des ersten Jahres nicht auf Ihr drittes Jahr des Ingenieurwesens übertragen. Es implizierte, dass ich, wenn ich noch einmal im Backlog-Thema durchgefallen wäre, ein Jahr aussetzen müsste. Das wäre katastrophal gewesen. Mein Selbstvertrauen war himmelhoch.

Oft verbrachte ich schlaflose Nächte damit, die Konzepte zu erfassen, damit ich sie während der Prüfungen nicht abschütteln musste. Ich habe mein Selbstvertrauen im großen Stil zurückgewonnen.

Ich war so mit mir selbst beschäftigt, dass mein Fokus auf Sharvari von Tag zu Tag verschwamm. Das war ihr aufgefallen. Seit dem Rosentag hatte ich nicht mehr mit ihr gesprochen. Seitdem hatte auch sie neue Freunde gefunden. Sie war überrascht, dass ich nicht mehr auf sie zukam, um praktische Fragen zu stellen.

Sie konfrontierte mich eines Tages: „Hey, was ist los?"
"Hallo. Wie geht es dir?" Ich antwortete formell.

"Mir geht es gut. Du scheinst heutzutage zu beschäftigt zu sein. Ich habe nicht einmal Zeit zum Reden." Sagte sie sarkastisch.

"Ja, ich habe noch einen goldenen Versuch, einen Rückstand zu beseitigen. Also bin ich morgens zum Backlog in eine Coaching-Klasse und abends in eine separate Coaching-Klasse für das laufende Semester gegangen. Und in der Mitte gehe ich zum Fußballtraining für die CFL."

Ich versuchte mein Bestes, um zu zeigen, dass ich mit meinem Leben so beschäftigt war, dass ich sie kaum vermisste. Aber das war nicht wahr. Ich vermisste sie ab und zu, aber ich hatte wenig Spielraum, sie zu beeindrucken, indem ich alles andere beiseite ließ.

"Oh! Das ist verrückt! Dann klärst du besser alle Fächer. Wow! Du bist in der Fußballmannschaft. Das ist so cool. Du hast mir das alles nie erzählt." Sie wirkte amüsiert

"Du scheinst auch seit dem Rosentag mit deinen neuen Freunden beschäftigt zu sein. Also dachte ich, ich sollte dich nicht belästigen."

Ja, ich war sarkastisch.

"Was meinst du damit? Ich dachte, wir wären Freunde. Sie haben mir während unserer Praktika so viel über Ihre Familie und Ihre Kämpfe erzählt. Verurteilst du mich jetzt, nur weil ich so viele Rosen bekommen habe?"

Sharvaris Angst war auf ihrem Gesicht sichtbar. Ihre Augen waren voller Tränen.

"Nein... überhaupt nicht. Bitte versteh mich nicht falsch. Ich wollte dir nicht wehtun. Auch ich hatte eine Rose und eine Karte für dich. Aber ich war entmutigt, so viele Leute zu sehen und konnte nicht auf dich zukommen. Ich verurteile dich nicht. Du bist schön und smart. Also sabbern die Jungs über dich. Du solltest solchen Typen keine Aufmerksamkeit schenken. Sie sind Arschlöcher. Ich meine, es war nichts falsch daran, dass du die Rosenkönigin bist und so. Nur das - alle Jungs sind nicht gleich."

Ich habe einen kompletten Arsch aus mir gemacht.

"Also, welche Art von Kerl ist gut? Ist es nicht so schlimm, Männer zu verurteilen, wie Mädchen zu verurteilen? Warum lassen Sie nicht alle so sein, wie sie sind, und versuchen, sie zu akzeptieren? Wenn du mit jemandem nicht zurechtkommst, dann lass los, warum jemanden verurteilen? Das ist es, was ich fühle." Sharvari hat mir meine Unterkunft gezeigt. Ich war so dumm.

"Du hast absolut recht. Und es tut mir leid. Wir sollten abhängen, wenn du frei bist." Ich habe versucht, das wiedergutzumachen.

"Ich nehme mir Zeit, wann immer du es sagst, aber was ist mit dir? Dein Zeitplan scheint vollgestopft zu sein."

"Ich werde mir etwas einfallen lassen. Hey!! Warum besuchst du nicht unsere Praxis?" Ich lud sie ein, ohne zu merken, dass ich nur ein Statist im Team war. Jetzt gab es keinen Rückzieher mehr.

Ich habe Freddie ergriffen, der unser Captain war.

"Bruder, du musst mich heute an jeder Position starten", platzte ich heraus.

"Warum ist was passiert? Du warst der Cricketspieler, oder? Sie haben uns gerne Getränke und Handtücher serviert. Du wolltest nicht ins Schwitzen kommen? Und jetzt willst du ein Bein schütteln?" Fredrick neckte mich.

„Sharvari kommt, um unsere Praxis zu besuchen. Wenn Sie mich 5 Minuten auf dem Feld verbringen, werde ich dankbar sein." Flehte ich. "Okay, ich fange mit dir an. Aber du verteidigst besser gut. Denke nicht viel nach. Der Ball sollte nicht in die Nähe des Torhüters gelangen. Wenn du deinen Mann nicht angreifen kannst, trete den Ball einfach außerhalb der Spielarena." Freddie hatte einen einfachen Spielplan für mich. Ich habe mich der Situation gestellt. Ich verteidigte mich wie ein Löwe auf dem Feld, stürzte manchmal sogar zusammen und verletzte meine Knie. Aber als ich Sharvari in der Nähe unseres Unterstandes sah, verschwanden alle meine Schmerzen.

Nach der Übung ging Sharvari zu mir. "Du bist verletzt. Wie werden Sie für Ihr Coaching vorgehen?" Ich war froh, dass sie sich um mich kümmerte.

"Ich werde es schaffen. Ich ziehe einfach etwas Antiseptikum und Klebeband an." Ich benahm mich wie ein Hengst.

"Benimm dich nicht wie ein Held. Klebe es gut auf." Sharvari half mir, meine Wunden zu verkleiden.

"Gut verteidigter Tiger... Sharvari, du solltest täglich in unsere Praxis kommen." Neckte Fredrick. Fredrick, Ankit, Sonali, Ritika, Sharvari und ich waren jetzt eine Familie. Wir haben die ganze Zeit zusammen rumgehangen.

Sharvari kam nach dem College zu mir nach Hause, als ich frei war. Mama mochte Sharvari. Dies war das erste

Mal in meinem Leben, dass meine Mutter und ich uns einig waren. Das Semester flog wie eine Zeitreise. Ich habe es geschafft, alle Rückstände zu beseitigen und auch das aktuelle Semester

bestanden. Das war eine große Erleichterung an der akademischen Front nach 4 Jahren.

Schließlich schienen meine Eltern zufrieden zu sein.

Kapitel 12

Das Jahr 2007 brachte Aufregung, Herzschmerz und Ruhm in kurzer Zeit.

Lassen Sie uns in die Weltmeisterschaft 2007 hineinzoomen. Das indische Team, wenn auch nicht die Favoriten, sollte zumindest in den Top 4 landen. Aber es sollte nicht sein. Indien wurde von Bangladesch und dann von Sri Lanka geschlagen, was dafür sorgte, dass wir in der Ligaphase selbst aus der WM 2007 ausgeschieden sind. Pakistan sah sich einem ähnlichen Fall gegenüber. Dies war das erste Mal seit 1992, dass Indien und Pakistan in einem WM-Spiel nicht gegeneinander antreten würden.

Das Turnier erwies sich mit täglich sinkenden Einschaltquoten als nachteilig für die Zuschauer. Schließlich gelang es Australien, die Weltmeisterschaft erwartungsgemäß ohne jeglichen Widerstand eines Teams zu gewinnen. Die indische Öffentlichkeit reagierte heimtückisch auf die Niederlage von Team India. Abbildungen von Spielern wurden auf den Straßen verbrannt. Einige Häuser von Kricketspielern wurden vandalisiert. Überall im Land herrschte Chaos wegen Indiens frühem Ausscheiden aus dem Turnier. Die Geschicke des Team India änderten sich, sobald M.S.Dhoni übernahm den Mantel der indischen Kapitänschaft. Indien schaffte es 2007, die erste T20-Weltmeisterschaft zu gewinnen. Wir alle versammelten uns, um das Finale live bei mir zu sehen. Wir standen keinem anderen als unserem Erzrivalen Pakistan gegenüber. Indien hatte noch nie gegen Pakistan in einem WM-Spiel verloren. Selbst während der Ligaphasen des Spiels hatten wir sie in einem letzten Ballthriller geschlagen, der in einem Unentschieden endete. Indien gewann das Spiel mit einem Ball-Out.

Sharvari war kein Cricket-Fan. Auf mein Beharren und meine Aufregung hin stimmte sie zu, das ganze Spiel mit mir zu sehen. Aber die meiste Zeit half sie meiner Mutter in der Küche. Mama war endlich froh, dass ich alle meine Fächer geklärt hatte.

Das Finale war wieder eine Achterbahnfahrt. An diesem Tag wandelte ich mich von einem Atheisten zu einem Theisten. Ich betete nach jedem Ball. Ich kann das Finale der Weltmeisterschaft nie vergessen.

Dhoni reichte den Ball einem nervösen Joginder Sharma, der sein erstes internationales Turnier spielte. Er bowlte zuerst eine Weite und kassierte dann eine Sechs. Misbah war in diesem Turnier in enormer Form und stand allein zwischen Indien und dem Sieg. Schließlich führte ein falscher Löffelschuss zu seiner Entlassung, und Indien gewann einen Cliffhanger eines Streichholzes. Ich erinnere mich noch an Ravi Shastris Worte: "Und Sreesanth nimmt es..."

Die ganze Zeit, als das Finale vorbei war, klammerte ich mich unwissentlich an Sharvaris Hand. Sie hielt mich nicht auf, als ich in einen Wirbelsturm von Emotionen hineingezogen wurde.

Sobald Sreesanth diesen Fang nahm, war ich so überfreute mich, dass Tränen flossen und ich Sharvari fest umarmte. Sie wischte meine Tränen ab. Ich konnte nicht glauben, dass wir die Weltmeisterschaft gewonnen hatten. Obwohl es eine T20-Weltmeisterschaft war, war dies das erste Mal, dass ich einen indischen Kapitän sah, der die Trophäe hob. Ich wurde nicht geboren, als Kapil Dev 1983 die Weltmeisterschaft gewann. Das war also das erste Mal in meinem Leben.

Das Jahr 2007 endete positiv und das neue Jahr begann mit einem Knall, als wir Australien in einem Dreiländereck besiegten. M.S. Dhoni hatte einen Midas-Touch. Indisches Cricket war auf seinem Höhepunkt. Als Kind der 90er Jahre hatte ich mir eine solche Dominanz in meinen Kindheitstagen nie vorgestellt. Wir wussten, dass Sachin ein Jahrhundert punkten würde, aber schließlich würden wir verlieren. Jetzt änderte sich das Szenario. Wir hatten unter der Führung von Dhoni einige großartige Erfolge zu verzeichnen.

Bis Ende 2007 gab es Prognosen einer globalen wirtschaftlichen Rezession. Es gab auch Gerüchte, dass der Arbeitsmarkt durch die Rezession beeinträchtigt wird. Ich war nie daran interessiert, die Nachrichten über die Weltwirtschaft zu verfolgen. Ich wusste nicht, dass es einen so großen Einfluss auf mein Leben haben würde. Als ich in das letzte Jahr des Ingenieurwesens kam, wurde mir klar, dass das Ingenieurwesen bei weitem nicht dem entsprach, was ich mit dem Leben machen wollte.

Ich interessierte mich mehr für soziale Dienstleistungen. Ich konnte immer noch nicht genau herausfinden, was ich vom Leben wollte. In einer Kabine zu sitzen und stunden-, tage-, monate- und jahrelang zu codieren, war aber sicher nicht mein Ding. Post-Engineering,

Studenten hatten 4 Optionen. Die erste Option war, zu versuchen, einen Job durch Campus-Praktika und Arbeit für ein paar Jahre zu bekommen und später über die Zukunft zu entscheiden.

Dies war die sicherste Option.

Die zweite Option war für die finanziell elitäre Gruppe. Sie würden sich auf den GRE oder den TOEFL vorbereiten, damit sie eine gute Universität in den USA oder Großbritannien besuchen, um einen Master in Naturwissenschaften zu absolvieren.

Die dritte Möglichkeit bestand darin, sich auf die CAT- oder andere Aufnahmeprüfungen vorzubereiten und ein MBA-College der Stufe 1 zu besuchen.

Die vierte Möglichkeit bestand darin, sich auf GATE vorzubereiten und in ein gutes Ingenieurkolleg für das Postgraduiertenstudium in Ingenieurwissenschaften einzusteigen. Die vierte Option war die härteste und wurde daher von vielen nicht verfolgt. Die Leute träumten oft davon, MS zu machen, aber es fehlten ihnen die Mittel. Bankkredite waren nicht einfach. Also entschieden sich die Leute für ein paar Jahre zu arbeiten, zu sparen und dann in die Hochschulbildung im Ausland zu investieren.

Ich fragte Freddie: „Bruder, was kommt als nächstes nach dem Engineering?" "Natürlich platzieren! Arbeite ein paar Jahre...spare ein paar Dollar und fahre dann in die USA." Er hatte einen Plan.

Ich konnte mich nicht entscheiden. Ich wollte sicher nicht arbeiten. Ich mochte Engineering nicht, also hatte es keinen Sinn, ins Ausland zu gehen, um MS zu verfolgen oder sich auf GATE vorzubereiten. Die einzige Option, die ich für machbar hielt, war ein MBA. Es war auch praktisch. Es war nicht so teuer wie MS und nicht so hart wie das TOR. Sie könnten überall Zulassungen erhalten, wenn nicht die IIMs. Ich wollte mit Sharvari sprechen, bevor ich eine Entscheidung traf.

"Sharvari. Ich denke, ich sollte mich auf die KATZE vorbereiten und versuchen, in ein anständiges MBA-College zu kommen. Ich glaube wirklich nicht, gibt es eine andere Möglichkeit." Ich erwartete eine langwierige und engagierte Antwort von Sharvari.

"Okay. Wenn du das willst."

Sharvari schien an dem Gespräch nicht interessiert zu sein. "Hey! Ich dachte, du würdest noch etwas sagen. Ich meine, wie man Dinge und Sachen angeht."

Ich erwartete eine gewisse Beteiligung von ihrer Seite.

"Du machst dich jetzt gut in den Akademikern. Dein Selbstvertrauen ist zurück. Ich bin mir sicher, dass Sie die richtige Entscheidung treffen können." "Ich brauche deine Unterstützung. Mit dir kann ich die ganze Welt erobern." Ich war super romantisch.

"Aber ich werde nächstes Jahr nicht da sein."

„Was!!! Warum????" Ich war schockiert, das zu hören.

"Ich gehe zu MS und werde mich nach dem Kurs dauerhaft in den USA niederlassen." Sie sagte, sie distanziere sich von mir. "Das hast du mir nie gesagt." Es war schockierend.

"Es gibt viele andere Dinge, die du nicht weißt, Yash."

Sharvari ging und ich fragte mich immer wieder. Was wusste ich nicht über Sharvari? Warum hat sie es vor mir versteckt?

Sharvari war Ritika und Sonali nahegekommen. Ich beschloss zu fragen: "Rits, wusstest du, dass Sharvari MS plante?" "Ja,Yash. Sona und ich wissen davon. Und wir spüren auch, dass du Gefühle für sie hast." Fügte Ritika hinzu.

"Warum habt ihr es mir nicht gesagt?"

"Wir wollten es dir sagen, aber es gibt noch etwas anderes

sollten Sie wissen. Ich weiß nicht, ob es das Richtige ist, es dir zu sagen. Es sollte eigentlich von Sharvari kommen." "Komm schon Rits. Sag es mir!"

"Sharvari hat jemanden in ihrem Leben."

"Du meinst, sie hat einen Freund?" Ich war erschüttert. "Sie hat eine Vorliebe für ihn und sie will ihrer Beziehung eine Chance geben."

„Beziehung!!!! Wie lange sind sie schon zusammen?"

"Sie waren Familienfreunde und standen in Kontakt miteinander. Letztes Jahr zog Sushrut nach Texas. Also will er jetzt, dass Sharvari für MS in Texas versucht. Deshalb bereitet sie sich auf MS vor. Sie waren in einer Fernbeziehung."

"Fernbeziehung. Was zum ...!!!" Ich fühlte mich erstickt...

"Yash, flipp nicht aus und bitte verschone Sharvari. Du musst deine Emotionen kontrollieren. Du kannst niemanden zwingen, dich zu lieben. Sie mag jemand anderen und das ist die Wahrheit. Du solltest dich damit abfinden."

"Aber sie hätte es mir sagen sollen."

"Ich weiß, aber sie war sich nicht sicher. Jetzt hat sie ihre Entscheidung getroffen. Sharvari hätte dir das alles erzählen sollen. Aber ich bin sicher, sie hat ihre Gründe. Bitte haben Sie Verständnis. Dies ist unser letztes gemeinsames Jahr als Gruppe. Lasst es uns nicht ruinieren. "

"Das ist nicht fair, Rits."

"Ich weiß, dass du verletzt bist, aber das ändert nichts.

Sharvari mag jemand anderen und sie geht bald. Je eher du es akzeptierst, desto besser für dich."

Ritika beraten.

Ich habe tagelang gelitten. Ich habe eine Weile gebraucht, um die Situation zu verstehen. Mein Gehirn versäumte es, Daten zu verarbeiten, die mein Herz betrafen. Sharvari war die Quelle meines Glücks geworden und diese Quelle bewegte sich weg.

Ich wollte sie davon abhalten zu gehen. Aber ich wusste, dass das nicht das Richtige wäre.

Es war doch ihre Entscheidung und ich muss sie respektieren.

Kapitel 13

Ich beschloss, meinen Kopf um Katzenpräparate zu wickeln.

Im letzten Jahr waren die Fächer nicht allzu schwierig, so dass ich mein Coaching für CAT begonnen hatte. Der einzige Grund, warum ich mich auf CAT konzentrieren wollte, war, dass ich meine Gedanken von Sharvari ablenken wollte. Es ist kein triftiger Grund, ein höheres Studium zu absolvieren, aber mir fiel nichts anderes ein. Ich hörte auf, mich mit meiner Gruppe zu vermischen. Ich würde nur mit Ritika oder Freddie sprechen, wenn ich Hilfe bei einem Auftrag brauchte.

Das Jahr verging ruhig, als wir uns unseren Abschlussprüfungen näherten. Vor den Prüfungen hatten wir einen Studienurlaub und eine Abschiedsparty.

Alle außer mir waren von der Party begeistert. Ich wollte verdammt noch mal aus diesem College raus und ein neues Leben beginnen. Ich hatte Freddie gesagt, dass ich die Party überspringe.

"Bruder, ich komme nicht."

"Alter. Du kannst nicht zulassen, dass eine Sache die Dynamik unserer gesamten Gruppe beeinflusst. Wir sind eine Familie. "

Freddie war enttäuscht.

"Wir sind kein Familienbruder. Ihr alle geht weg. Sie werden mich in ein paar Jahren nicht einmal wiedererkennen. Sie werden in den USA sein. Sie werden nicht einmal zurückkommen. Sie werden alle zu typischen NRIs werden, die nur über die indische Kultur plappern, sich aber nicht die Mühe machen, wieder in Indien zu bleiben." Ich fing an, irgendeinen zufälligen Unsinn zu schimpfen.

"Wohin geht das? Bist du neidisch auf uns? Glaubst du, wir sind nicht patriotisch, weil wir für bessere Möglichkeiten im Ausland gehen? Du bist ekelhaft. Fick dich." Freddie schulterte mich fast, als er ging.

Ich war wieder im Dunkeln. Freddie erzählte Sonali von unserem Gespräch. Sie kam, um mich zu überzeugen.

"Yash, die Abschiedsparty kommt einmal im Leben. Wir haben so viele wunderbare Erinnerungen. Lassen Sie uns unsere gute gemeinsame Zeit mit einer positiven Note beenden."

Ich war nicht überzeugt, aber Sonali hatte diese Sache mit ihr. Sie war wie ein gefallener Engel, der immer gute Laune hatte. Sie war der Klebstoff, der unsere Gruppe zusammenhielt.

"Okay, Sonali. Ich komme. Nur für dich." Ich nahm am Abschied teil.

Wie erwartet war Sharvari Miss Farewell. Alle Jungs und Mädels aus unserer Gruppe und den Junioren gratulierten ihr. Sie stand im Mittelpunkt. Alle liebten sie.

Und hier saß ich wieder allein in einer Ecke und beobachtete sie. Plötzlich spürte ich ein paar Schläge auf meinen Rücken. Es waren Ritika und Sonali.

"All diese vier Jahre gab es auch andere in unserer Gruppe. Könnten Sie etwas Zeit mit ihnen verbringen?" Neckte Ritika.

"Ich glaube, du möchtest deinem Bruder etwas sagen", schlug Sonali vor.

Ich bemerkte, dass Freddie mit einem der Junioren sprach. Ich ging auf ihn zu."Hey Bruder. Hör zu, es tut mir leid. Ich war unhöflich zu dir und es war unnötig. Und das habe ich nicht so gemeint. NRIs sind cool, weißt du. Forex und so, es tut gut für unsere Wirtschaft. Also geh einfach hin und hab Spaß und lade mich eines Tages ein. Wir werden nach Vegas gehen, einige Casinos überfallen und etwas anderes spielen. Du weißt, was ich meine."

Freddie brach in Gelächter aus.

"Es ist ein Deal! Lass uns eines Tages Vegas machen."

Wir umarmten uns und Ritika und Sonali sprangen für eine Gruppenumarmung ein. Es fühlte sich an wie eine Familie. Nach der Party gingen wir in dasselbe Café, in dem wir früher rumhingen. Freddie bestellte etwas Fingerfood und ich machte ein Gesicht.

"Bruder, es ist gut, dass du nicht ins Ausland gehst. Du kannst dort nicht überleben." Alle lachten.

Meine Ingenieurschule endete mit einer glücklichen Nachricht. Ich war in der Tat froh, dem Abschied beizuwohnen. Es wäre töricht von mir gewesen, es verpasst zu haben. Ich erinnere mich an das Lied des legendären Sängers KK, "Hum rahe ya na rahe kal... Kal yaad ayenge yeh pal", das im Hintergrund spielte.

realisierte, wie sehr ich all diese Jungs vermissen würde. Wie konnte ich sie jemals vergessen?

Wie könnte ich jemals Sharvari vergessen?

Ein paar Tage nach Abschluss unserer Abschlussprüfungen kam Sharvari zu mir. Ich nahm an morgendlichen Sitzungen für mein Katzencoaching teil und war für den Rest des Tages zu Hause. Sharvari kannte meinen Zeitplan. Sie kam, nachdem ich vom Coaching zurückgekehrt war. Trotz allem, was passiert war, fühlte ich jedes Mal, wenn ich sie sah, nur Liebe für sie.

"Hallo, Yash." Sagte sie leise. „Hallo Sharvari! Komm rein."

Es herrschte ein Hauch von Unbeholfenheit.

"Yash. Es tut mir für alles leid. Ich hätte es dir sagen sollen. Ich konnte deine Gefühle mir gegenüber spüren. Ich hätte dir nicht wehtun sollen."

"Es ist in Ordnung. Ich hege keinen Groll."

"Danke. Können wir etwas Zeit miteinander verbringen wie in den guten alten Zeiten?"

"Ja. Sicher."

Sharvari und ich hingen oft bei mir ab. Früher haben wir zusammen gegessen, Filme gesehen oder Kunstwerke gemacht. Sie liebte es zu malen, und ich half ihr beim Aufstellen der Leinwand und beim Anordnen der Farben.

Eines Tages beschlossen wir, nach dem Mittagessen einen Film anzusehen. Wir saßen immer in meinem

Bett, wenn wir zu Hause Filme sahen. Auch an diesem Tag saßen wir dicht beieinander und händchenhalten Obwohl wir nur Freunde waren, standen wir uns emotional sehr nahe.

"Warum verlässt du Sharvari? Bleib einfach hier bei mir." Sagte ich zu mir selbst.

Während sie sich den Film ansah, schlief sie mit dem Kopf auf meiner Schulter ein und hielt meine Hand. Ich wollte den Moment einfrieren. Ich wünschte, die Zeit würde für immer aufhören. Wir lagen einfach eine Weile da, bis die Tür mit einem Ruck aufgestoßen wurde und Mama eintrat. Sie wollte etwas Klärung über die Kreditkartennutzung. Aber sobald sie eintrat, sah sie mich und Sharvari sehr nah beieinander. Mama hat es total verloren.

"Was ist hier los?"

Fragte Mama in ihrem charakteristischen Ton.

"Wir schauen uns gerade einen Film an." Ich habe versucht zu klären. Mama wusste von Sharvari und Sushrut. Sie erwartete, dass ich mich von Sharvari fernhielt.

"Ihre Ehe ist um Gottes willen fixiert, was zum Teufel macht ihr zusammen?"

"Wir haben nichts falsch gemacht."

Ich geriet in Panik, als ich versuchte, die Situation zu kontrollieren.

"Was wolltest du sonst noch tun? Ihre Familie ist nicht in der Nähe. Wenn wegen dir etwas schief geht, werden sie uns die Schuld geben. Und du, Mädchen, du musst die Grenzen der Freundschaft verstehen. Du heiratest bald jemand anderen, nicht wahr?"

Es war der reinste Moment, den ich je mit Sharvari hatte.

Leider hat uns Mama missverstanden. Sharvari weinte. Sharvari links. Ich sah sie gehen. Ich schaute weiter, bis sie vor meinen Augen am Horizont verschwand. Meine Beziehung zu meiner Mutter war durch Sharvari enger geworden und jetzt war sie weg. Ich hatte das Gefühl, Mama sollte nicht haben die Türen für Sharvari geschlossen. Dies hatte die Brücke geöffnet, die ich und Mama für uns selbst gebaut hatten.

Sharvari ist gegangen und auch mein Respekt vor meiner Mutter. Ich fühlte mich durch die Art, wie sie reagierte, gedemütigt. Ich habe ihr das nie verziehen. Sie mag sich nicht völlig geirrt haben, aber sie hätte mit der Situation besser umgehen können. Ich fand mich wieder im dunklen Meer der Einsamkeit.

Und das Schlimmste stand noch bevor.

Die Gerüchte über die von der Rezession betroffene indische Wirtschaft hatten sich bewahrheitet. Die Rezession von 2008 wird in den Vereinigten Staaten und Westeuropa als Große Rezession bezeichnet. Dies wurde als Subprime-Hypothekenkrise bezeichnet.

Subprime-Hypotheken sind Wohnungsbaudarlehen an Personen mit schlechter, unvollständiger oder nicht vorhandener Kredithistorie. Da die Kreditnehmer ein hohes Risiko darstellen, verlangen Subprime-Hypotheken in der Regel höhere Zinssätze als Standard- (Prime-) Hypotheken für Immobilien. In den 2000er

Jahren war der Immobiliensektor in den Vereinigten Staaten recht robust, daher wurden Kredite an Kunden mit schlechter Bonität vergeben. Als die Rückzahlungen ausfielen, hatten die massiven Preise der Häuser keine Abnehmer. Der Aktienmarkt brach in den nächsten 18 Monaten drastisch ein und beschränkte die Investitionen in asiatische Märkte.

In einfachen Worten, die Dotcom-Blase, die in den frühen 2000er Jahren überproportional aufgeblasen wurde, war geplatzt. Amerikanische Projekte, die Backend-Unterstützung in Indien hatten, wurden auf unbestimmte Zeit ausgesetzt.

In den späten 90er Jahren gab es in den USA einen populären Begriff namens "BANGALORED." Es implizierte, dass Sie Ihren Job an ein Kind verloren haben, das im indischen Silicon Valley in Bangalore sitzt.

Aber in den späten 2000er Jahren wurde dieser Effekt umgekehrt. Viele unserer College-Studenten, die in den Top-IT-Unternehmen in Indien platziert wurden, waren schockiert, da sich ihr Beitrittsdatum auf unbestimmte Zeit verzögerte. Die Projekte, an denen sie arbeiten sollten, wurden entweder auf Eis gelegt oder ausgesetzt.

Auch Freddie war besorgt, da er plante, ein Jahr lang zu arbeiten und sich gleichzeitig auf GRE vorzubereiten. Jetzt war alles unseren Unternehmen ausgeliefert. Die indischen Konzernhonchos nutzten dies zum Anlass für Kostensenkungen und Entlassungen.

Ich war nicht in einem guten Zustand wegen dem, was mir und Sharvari zu Hause passiert ist. Ich hätte über meinen Aktionsplan nachdenken sollen, was meine akademischen Aktivitäten betraf. Das Job-Szenario in Indien war betroffen, und abhängig von Ihrer Ausbildung für Jobs war ein schwerer Fehler. Ich habe dasselbe getan. Freddie war weise, er beschloss, seine MS-Pläne um ein Jahr zu verschieben.

Sharvari konnte es nicht. Sie beschloss, mit den GRE-Vorbereitungen fortzufahren. Für sie war MS ein Ersatzgrund, bei Sushrut zu sein. Ich beschloss, mit dem Strom zu treiben. Ich ging davon aus, dass nach meinem MBA-Abschluss der Arbeitsmarkt wiederbelebt wird und ich einen anständigen Job bekommen kann. Ich war zu naiv.

Meine Eltern versuchten, mich davon zu überzeugen, an Wettkampfprüfungen teilzunehmen und einen bequemen Regierungsjob zu ergattern. Aber ich war so genervt

mit meinen Eltern nach der Sharvari-Episode, die ich ihnen nie anhören wollte.

Jede Wettbewerbsprüfung erfordert eine spezielle Vorbereitung, die eher mental als akademisch ist. Es testet Ihre Geduld, Ausdauer und Hingabe. Ich hatte keines von beiden. Ich war frustriert. Engineering war nicht mein Ding, aber ich schaffte es, den Kurs wegen einiger guter Leute abzuschließen.

Meine Gruppe war jetzt zerstreut.

Sonali fand Arbeit als kleiner IT-Freelancer. Sie wurde gemäß den Projektanforderungen bezahlt. Ihre Familie war nicht wohlhabend. Sie wollte immer einen guten Job, weil sie das Schicksal ihrer Familie ändern wollte.

Freddie begann, sich selbst zu lernen und in einer lokalen Coaching-Klasse zu unterrichten, um seine Gelder zu verwalten.

Ich hatte keine Finanzkrise. Obwohl ich mit meinen Eltern im Streit war, war ich finanziell nicht unsicher. Ich habe nie um Geld gebeten, aber zu Hause war immer genug, um meine Bedürfnisse zu stillen. Ich war bis dahin nicht alkoholabhängig. Aber ich habe es vorgezogen, nach dem Katzen-Coaching viele Male auswärts zu essen. Rechnungen wurden von meinen Eltern erledigt, und ich musste mich nicht um sie kümmern.

Ich war nicht reif genug, um zu verstehen, dass mein Leben nur deshalb vor sich ging, weil meine Eltern es erleichterten.

In gewisser Weise wurde mein soziales Leben von meinen Freunden erleichtert, die jetzt auch darum kämpften, einen Weg für sich selbst zu finden.

Wir schafften es, uns gelegentlich zu treffen, aber die Wärme war nicht die gleiche. Alle machten sich Sorgen um ihre Zukunft.

Freddie, Ritika und Sonali wurden in renommierte multinationale Unternehmen gebracht, aber alle warteten auf ihre Beitrittsschreiben.

Sharvari war trotz der Wolken der Rezession, die über der Weltwirtschaft schwebten, damit beschäftigt, sich auf GRE vorzubereiten.

Ich erschien für CAT in dem Jahr, in dem die Wirtschaft am stärksten von der Rezession betroffen war und die Chancen, unsere Beschäftigungsaussichten durch

Hochschulbildung zu verbessern, so düster wie eh und je waren. Ich hatte keine Antwort auf die Frage: „Warum möchten Sie Ingenieur werden?" Und selbst jetzt hatte ich keine Antwort auf die Frage: „Warum möchten Sie einen MBA machen?"

Wir Kinder der 90er Jahre waren dauerhaft von einer endemischen Herdenmentalität betroffen. Wir wurden konditioniert, Anhänger zu sein, nicht Führer. Wir glaubten an den Standardbetriebsprozess des Lebens. Was für ein Individuum funktionierte, funktionierte als Theorem mit mehreren Folgerungen. Jemand in den 90er und frühen 2000er Jahren hatte nach Abschluss des MBA Erfolg, also folgten wir alle dem gleichen Muster.

Einen MBA zu machen, war mit einem Gefühl des Stolzes verbunden. Meine Eltern lebten für die Gesellschaft. Meine MBA-Qualifikation würde ihren Status stärken. Also ermutigten sie mich und waren bereit, meine Ausbildung zu finanzieren. Ich wollte sie nicht belasten. Ich wollte mich für einen Bildungskredit entscheiden.

Auch aufgrund meiner Gleichsetzung mit meiner Mutter hatte ich beschlossen, dass ich nach meinem MBA finanziell unabhängig sein würde.

Ich habe mich bei KATZE miserabel verhalten. Es gab also keine Hoffnung mehr, durch die Tugend des CAT-Scores etwas zu erreichen.

Diese Tür war zu!

Kapitel 14

Die BCCI war schon immer rezessionssicher.

Egal, was auf der Welt passiert, es stellt sicher, dass indische Cricket-Fans niemals die Cricket-Berichterstattung verpassen. Nach dem Mammuterfolg der ersten T20-Weltmeisterschaft beschloss die BCCI, Franchise-Cricket nach dem Vorbild der englischen Premier League und anderer europäischer Ligen wie La Liga und der italienischen Serie A des Fußballs einzuführen. Die BCCI wollte vom Erfolg des T20-Formats profitieren, das in Indien immer beliebter wurde.

Nach dem Gewinn der ersten T20-Weltmeisterschaft waren die indischen Cricket-Fans sehr gespannt darauf, die indischen Stars in einem T20-Turnier live in Aktion zu sehen.

Im Jahr 2007 nach der Weltmeisterschaft wurde eine rebellische T20-Liga namens ICL (The Indian Cricket League) vom Zee Network propagiert, das für die Produktion von täglichen Seifen bekannt war.

Die Liga wurde von der indischen Cricket-Legende Kapil Dev angeführt und hatte einige pensionierte und einige aktuelle Spieler aus der ganzen Welt und aus Indien. Indische einheimische Spieler, die ihre Hoffnungen aufgegeben hatten, für Indien zu spielen, sahen dies als Gelegenheit, ein paar schnelle Gewinne zu erzielen.

Die Liga erwies sich als Katastrophe.

Dies war die Zeit, in der Indien und Pakistan ihre Cricket-Krawatten wieder aufnahmen. Pensionierte pakistanische Cricketspieler verbrachten mehr Zeit in Indien als in ihrem eigenen Land und spielten entweder in der Liga oder zu Sendezwecken.

Pakistanische Legenden wie Inzamam Ul-Haq spielten in der ICL. Selbst das konnte die ICL nicht davor bewahren, dem Untergang geweiht zu sein.

Die BCCI spielte eine entscheidende Rolle bei der Tötung dieser Liga, indem sie die Indian Premier League ankündigte. Die BCCI wurde von Sharad Pawar geleitet, einem politischen Riesen und Minister in der damaligen UPA-Regierung. Legenden wie Shane Warne und Glenn McGrath haben sich hinter diese Liga gestellt.

Das IPL war ein großer Erfolg.

Es begann mit einem schwindelerregenden Inning von Brendon McCullum im ersten IPL-Match. Es gab den Ton für den Rest des Turniers an.

Ich unterstützte die Mumbai-Indianer, da Sachin der Ikonenspieler für Mumbai war. Aber Mumbai stellte in diesem Jahr ein unvergessliches Team auf. Sie verloren 3 Matches im Trab. Sachin erholte sich noch von einer Verletzung. Er verpasste die ersten paar Spiele. Harbhajan Singh führte zunächst die Mannschaft an und endete nach drei Spielen sreesanth zu schlagen und wurde von der Liga suspendiert, so dass Shaun Pollock übernahm.

Die Mumbai-Indianer sahen nie wie ein beeindruckendes Team aus. Sie zeigten mitten im

Turnier Funken, aber es reichte nicht, um sie durch das Halbfinale zu führen.

Das Finale wurde zwischen Rajasthan Royals und Chennai Super Kings gespielt. Rajasthan Royals war das beständigste Team in der diesjährigen Ausgabe. Es wurde von der australischen Legende Shane Warne angeführt und mit begrenzten Ressourcen verwaltet. Sie gaben nicht viel für den Kauf teurer Spieler bei der Auktion aus. Sie kauften Pferde für Kurse und definierten die Feldrolle für alle. Sie waren allen anderen Mannschaften im Turnier strategisch überlegen. Sie schlugen die Chennai Super Kings unter der Führung von M.S. Dhoni im Finale.

Das IPL wurde in den kommenden Jahren zum Festival Indiens. Internationale Turniere wurden an die IPL angepasst.

Eineinhalb Monate lang haben wir Cricket-Liebhaber jeden Tag etwas bekommen, auf das wir uns freuen können.

Es wurde zu einem unvermeidlichen Teil unseres Lebens.

Was mein Privatleben betrifft, habe ich den gleichen Fehler gemacht, den ich bei meinen technischen Zulassungen gemacht hatte. Ich habe mich an einem Tier-3-MBA-College eingeschrieben; "B-Schulen", wie sie genannt werden.

Nachdem ich für 15 Aufnahmeprüfungen für verschiedene Institute erschienen war, kam ich schließlich in ein weniger bekanntes College.

Ich bemühte mich um ein College mit einem Wohnkurs, damit ich weit weg von meinem Zuhause leben konnte. Aber die Kosten waren auf der höheren Seite und ich wollte meine Eltern nicht finanziell belasten, da sie meine Ausbildung wieder finanzierten.

Ich fühlte mich manchmal schuldig, aber ich hatte keine andere Wahl. Ich habe mich in meinem Ingenieurstudium um Jobs bemüht, nur um zu sehen, ob ich irgendwo reinkommen könnte. Die Interviewer konnten wahrscheinlich lesen, dass ich nicht an dem Job interessiert war. Ich landete schließlich in einer B-Schule. Ich fragte mich, ob ich überhaupt etwas damit zu tun hatte, hier zu sein.

Das College begann mit einem einwöchigen Orientierungsprogramm. Wir wurden gezwungen, einige Aktivitäten durchzuführen, die Aufgaben ähnelten, die im Reality-TV gezeigt wurden, um Teamgeist und anderen Management-Jargon-Bullshit aufzubauen. Wir wurden glauben gemacht, dass wir am richtigen Ort waren, und es lag an uns, das Beste aus der uns gebotenen Gelegenheit zu machen.

Im Orientierungsprogramm sah ich einen Mann, der so ahnungslos war wie ich. Er hatte einen weizenartigen Teint und lockiges Haar. Er war übergewichtig mit technischen Daten. Bei einer der Aktivitäten sollten wir ein Team bilden und eine Tanznummer aufführen. Wir versuchten, jemanden zu finden, der Tanzbewegungen für jedes Lied unserer Wahl choreografiert. Als wir uns ansahen, ließ uns keine enthusiastische Gruppe herein. Schließlich schlichen wir uns in eine der Verlierergruppen ein.

Niranjan stammte genau wie ich aus Mumbai. Die anderen waren aus verschiedenen Teilen Indiens gekommen. Dies war der erste mal erlebte ich einen Cocktail der Kulturen. Auch Niranjan hatte Probleme mit "den Außenseitern".

"Diese Leute scheinen seltsam zu sein, nicht wahr?" Fragte Niranjan.

"Ja. In meinem vorherigen College hatten wir Einheimische. Sprache ist nicht die Barriere, aber kulturell gibt es viel Vielfalt. Ich kann es nicht verarbeiten." Fügte ich hinzu.

"Das Gleiche hier."

Niranjan hatte ein Lächeln im Gesicht, was bedeutete, dass er glücklich war, jemanden gefunden zu haben, mit dem er sich verbinden konnte.

Wir versuchten, mit unserem Team auszukommen, mit dem wir ein Bein schütteln sollten. Wir gingen davon aus, dass mindestens einer von ihnen tanzen kann. Es waren ein paar Mädchen in der Gruppe. Ich glaubte, dass einer von ihnen daran interessiert sein würde, die Führung bei der Choreografie zu übernehmen. Ich fragte sie höflich: „Hallo Ma 'am. Würde es dir etwas ausmachen, uns ein paar Schritte beizubringen, da wir in einiger Zeit auftreten werden?"

"Wenn die Mädchen die ganze Arbeit machen sollen, was sollen dann die Jungs tun? Wie zum Teufel bist du davon ausgegangen, dass, da wir Mädchen sind, Singen und Tanzen unser Ding sein wird? Ich hasse dieses Zeug einfach. Ihr könnt alles tun." Sagte sie mit der seltsamsten Verschmelzung von amerikanischem und Haryanvi-Akzent.

Wir begannen unseren Auftritt auf dem Item-Song 'Sheela ki Jawani' ohne jegliche Vorbereitung und machten uns selbst zum Arsch. Das lauteste Lachen kam von einem lockighaarigen Mädchen. Sie war mutig, freundlich und lautstark. Sie hatte etwas Besonderes an sich. Nach der Aufführung kam sie auf uns zu.

"Hey, Leute. Am Mahi. Das war witzig. Wie schaffen Sie das? Ihr solltet ein paar Comedy-Tanzshows machen, wie eine Erweiterung von Stand-up. Das wird dope sein." Mahi kicherte wieder.

Niranjan und ich waren bis ins Mark verlegen. Wir versteckten uns für ein paar Stunden, bevor wir an der nächsten Veranstaltung teilnehmen mussten. Es war ein verstecktes Schatzspiel, das wir als Team spielen mussten. Das haben wir auch verloren.

Die Orientierungswoche schien immer weiter zu gehen!

Früher habe ich mich oft in Sharvaris Gedanken verloren. Sie war nach Texas gegangen. Bevor sie ging, hatte sie mir nicht einmal eine SMS geschrieben. Ich war verärgert darüber.

Ich war in einem glücklicheren Raum, wann immer ich Gleichgesinnte um mich herum fand. Ich suchte immer Trost bei Menschen außerhalb meiner Familie. Ich fand nie Frieden, Wärme und Trost bei meinen Eltern, besonders bei meiner Mutter.

Während meines MBA-Semesters bemühte sie sich sehr, meine Entscheidung über die Auswahl des Streams für das letzte Jahr zu beeinflussen. Aber ich war unnachgiebig. Ich wählte einen Stream, dem sie nicht zustimmte. Der Stream, den ich für mein letztes Jahr gewählt habe, hatte nichts mit meinem Interessengebiet zu tun. Ich entschied mich dafür, gegen ihren Willen zu handeln.

Mahi beobachtete die Unruhe in meinem Kopf und gab mir oft den Raum der Wärme, den ich mir wünschte. In Mahi und Niranjan fand ich den Komfort, den ich brauchte. Ich glaubte, dass diese Jungs mich nicht für meine Misserfolge verurteilten, da ich mein ganzes Leben lang zu Hause beurteilt wurde.

Mahi schien ein talentiertes Mädchen mit hohen Ambitionen zu sein. Als ich sie näher kennenlernte, stellte ich fest, dass sie nur geliebt und akzeptiert werden wollte. Ihr ganzes Leben lang wurde sie beschämt, weil sie überdimensioniert war. Einige Verwandte boten regelmäßig kostenlose Ratschläge an oder verspotteten sie. Wir waren alle fehlerhaft.

Niranjan hatte einen Komplex, dass er nicht gut aussah und nicht die besten Kommunikationsfähigkeiten hatte. Und ich war in den Augen meiner Mutter ein Verlierer...ein Parasit, der sich von den Ersparnissen seiner Eltern ernährte.

Wir mussten dringend akzeptiert werden und sagten, dass es in Ordnung sei, fehlerhaft zu sein. Wir bekämpften jeden Tag mentale Dämonen, fanden aber Trost in der Gesellschaft des anderen. Wir wurden die drei Musketiere. Es gab Zeiten, in denen ich Sharvari sehr vermisste. In diesen dunklen Zeiten war Mahi immer da, um mich aufzumuntern.

"Hey, Champion. Vermisst du sie immer noch?" Mahi konnte mich lesen.

"Ich kann sie nicht aus meinem Kopf bekommen. Es endete so kläglich." "Aber sie hat dich nie geliebt."" Mahi war direkt.

"Das weiß ich. Aber ich konnte mich nicht von ihr verabschieden. Ich werde das für den Rest meines Lebens immer bereuen."

Der verstopfte Liebhaber in mir äußerte alle Frustration.

"Überreagiere nicht. Abschiede sind immer hart. Du hättest es mehr bereut."

"Ich weiß es nicht."

"Du musst darüber hinwegkommen. Vielleicht magst du jemanden hier oder in der Zukunft. Schließe deine Türen nicht zu. Sie ist mit jemandem zusammen, den sie liebt, und das hatte sie immer geplant. Du hattest nie einen Plan. Du hast ihr nicht einmal gesagt, was du für sie empfindest. Aber gib dir nicht die Schuld.

Es ist zu früh im Leben, um nachzugeben und wie Devdas zu handeln." Mahi hatte immer klare Gedanken. Diese Portionen Motivation hat sie mir hin und wieder gegeben.

MBA-Ausbildung ist meiner Meinung nach mehr Angeberei als Substanz. Hier lernen die Menschen keine Managementfähigkeiten. Niemand kann Ihnen Managementfähigkeiten beibringen. Diese werden mit Erfahrung und Beobachtung entwickelt. Im MBA oder im Leben im Allgemeinen erhalten Menschen mit einer besseren Fähigkeit, sich zu zeigen, jedoch mehr

Möglichkeiten als Menschen, die ruhig und schüchtern sind und keine großen Kommunikationsfähigkeiten haben.

Kommunikationsfähigkeiten werden überbewertet. Was du sprichst, sollte immer wichtiger sein als wie du sprichst. Ihre Präsentation sollte Inhalt haben. Sie sollten eine Idee und einen Weg zur Lösung eines grundlegenden Lebensproblems ableiten.

Wir fühlen uns jedoch eher vom Geschenkpapier angezogen als von den Emotionen hinter dem Geschenk im Inneren.

Kapitel 15

Mumbai ist die Heimat all derer, die es wagen zu träumen.

Diese Stadt hat das Herz für jeden, der wachsen und sich verzweigen möchte. Mumbai ist keine Stadt; sie ist eine Mutter. Sie ist eine Mutter für mich. Wann immer ich das Meer vom Marine Drive oder vom Gateway of India aus sehe, fühlt es sich an, als würde meine Seele hier ruhen. Egal wohin ich auf dieser Welt gehe, Mumbai wird immer mein Zuhause sein.

In der Nacht vom 26. November 2008 infiltrierten zehn Terroristen unsere Grenzen von Pakistan über den Seeweg und landeten an den Ufern von Mumbai. Sie haben unschuldige Bürger verwüstet. Die Terroristen eröffneten das Feuer an öffentlichen Orten wie dem Leopold Cafe, dem CST-Bahnhof, dem Taj Mahal Hotel, dem Cama-Krankenhaus, dem Oberoi Trident Hotel, dem Nariman House, dem Metro Cinema und dem St. Xaviers College. Sechzig Stunden Terror wurden auf unschuldige Mumbaikars entfesselt. Rund 170 Menschen kamen ums Leben, darunter mutige Polizisten aus Mumbai.

Niemand von uns kann diese 3 Tage jemals vergessen.

Wir wurden an unsere Fernseher geklebt. Die indischen Medien gingen über Bord. Journalisten jagten die angegriffenen Orte wie Geier, um live zu berichten. Die Medien berichteten uns nicht nur live, sondern gaben auch wichtige Informationen an die Drahtzieher in Pakistan weiter, die die Angriffe überwachten.

Mein Mumbai wurde angegriffen. Ich fühlte mich betrogen. Mein Hass auf unsere Nachbarn, der so lange schlummerte, begann wieder zu brennen. Indien hatte Pakistan durch kulturelle Bindungen und Handel Türen geöffnet. Aber dieser Terrorakt löschte jeden Schritt aus, der in Richtung der Wiederherstellung des Friedens zwischen den beiden Nationen unternommen wurde.

Ich saß all die drei Tage zu Hause fest. Alle Colleges wurden geschlossen. In unserem Kollegium wurde ein Solidaritätstag organisiert, um den Märtyrern Respekt zu erweisen. Als ich zwei Minuten des Schweigens beobachtete, um meinen Respekt zu erweisen, konnte ich die Tränen nicht aufhalten, die mir über die Wangen liefen. Ich war schon lange nicht mehr so emotional. Mahi sah mich und umarmte mich. Und ich weinte wie ein Baby.

"Es ist in Ordnung, Champion. Wir werden das überwinden." Sagte Mahi mit erstickter Stimme.

"Das hoffe ich..."

„Mumbai hat den Geist, sich aus der Asche zu erheben. Sie kann wieder auf Kurs kommen. Wir, sind ihre Kinder. Wir sind stark genug, um wieder aufzustehen. Lass uns das machen."

Oft wird der Geist von Mumbai überschätzt.

Im Jahr 2005, als wir von Regen getroffen wurden und die ganze Stadt unter Wasser stand, mussten wir uns selbst versorgen.

Der Zusammenbruch des Systems und der Bürokratie wurden nie in Betracht gezogen. In ähnlicher Weise wurde dieses Mal das Versagen der Intelligenz nie in Frage gestellt. Die Sicherheit der Handelshauptstadt Indiens war bedroht. Wann erkennen wir die Schlupflöcher an und arbeiten daran, das System zu stärken?

Die meisten meiner Freunde in der B-Schule kamen nicht aus Mumbai. Nun wurden auch sie in die wahnhafte Schönheit dieser wunderbaren Stadt hineingezogen. Es mag von außen eng, verstopft und erstickend aussehen, aber erst wenn du anfängst, in Mumbai zu leben, merkst du, dass diese Stadt unendlich viel Platz für alle hat. Der Geist der Stadt färbte ziemlich gut auf einige meiner Freunde ab.

Eine bewundernswerte Eigenschaft, die ich bei Menschen von außerhalb Maharashtras, insbesondere aus Nordindien, oft bemerkte, war ihre Flexibilität und Anpassungsfähigkeit. Sie konnten schon in sehr jungen Jahren von ihren Eltern getrennt leben. Die meisten von ihnen studierten in Internaten und lebten in Herbergen. Sie gingen nur ein- bis zweimal im Jahr nach Hause. Wie konnte man so losgelöst von seiner Familie sein?

Trotz meiner Differenzen konnte ich mir nicht vorstellen, lange von zu Hause, meinen Eltern und natürlich Mumbai getrennt zu leben. Es fehlte mir an emotionaler Stärke. Ich war immer noch erschüttert von Sharvaris Abreise. Ich konnte nicht darüber hinwegkommen. Mahi und Niranjan erwiesen sich als meine Retter. Wir hatten eine ähnliche Lücke, die wir alle mit der Gesellschaft des anderen füllen konnten.

Während der akademischen Reise in der B-Schule hielten wir aneinander fest. Wir haben zusammen versagt, waren zusammen verlegen, und doch haben wir die Reise genossen.

Mahi hatte grenzenlose Energie und sie würde jedes Problem direkt angehen. Sie war eine willensstarke Frau mit mehreren Ambitionen und wagte es, mit ihren Zielen kompromisslos weit zu kommen. Niranjan war berechnend, aber brillant. Er kannte seine Grenzen, bemühte sich jedoch, alle Hürden zu überwinden, die ihm in den Weg kamen.

B-Schulen werden für ihre Platzierungssaison gehyped. Das höchste Paket und das durchschnittliche Paket dominieren die Werbekampagne der B-Schule. Wir alle schlossen uns den B-Schulen für Praktika an. Wir brauchten dringend Arbeitsplätze. Das Arbeitsszenario nach der Krise 2008 hatte sich nicht verbessert. Die Anzahl der Unternehmen, die für Praktika kamen, war halb so hoch wie im Vergleich zu den Vermittlungssaisonen vor ein paar Jahren. Das durchschnittlich angebotene Paket war auch viel niedriger.

Unsere Platzierungsszene wurde von Unternehmen aus dem Bankbereich dominiert. Ich habe mich auf Marketing als Haupt- und Betrieb als Nebenfach spezialisiert. Jedes Unternehmen hatte eine Chance für mich, aber ich musste aus einer langfristigen Perspektive denken. Ich befürchtete, dass meine Einstellung ein Problem war. Ich hatte nicht die Ausdauer, den ganzen Weg zu gehen und eine lukrative Karriere für mich zu machen. Es war mein persönliches Defizit und ich konnte es niemandem verübeln.

Ich war verwirrt, auf welche Domain ich abzielen sollte. Selbst nachdem ich alle Trimester in der B-Schule durchgemacht hatte, war ich mir nicht sicher, ob dies das war, was ich im Leben wollte. Das Dilemma wurde mit jedem Tag vielfältiger. Ich musste herausfinden, was ich mit meinem Leben anfangen wollte, bevor die Vermittlungssaison vorbei war.

Mahi hatte einen Bildungskredit. Sie hatte nicht den Luxus, in einer Fantasiewelt wie mir zu leben. Sie sprang schnell auf den ersten Platzierungsprozess, der von einer der führenden Banken Indiens gestartet wurde. Die Kandidaten würden an allen Fronten hinterfragt. Sie würden auf ihre analytischen Fähigkeiten und Soft Skills getestet. Aber mehr noch, sie würden auf ihre Ausdauer und Langlebigkeit getestet werden.

Mahi hatte all diese Eigenschaften. Ich war zuversichtlich, dass sie durchfahren würde. Und das tat sie. Sie hat die Prüfungen bestanden und sich in den Interviews und anderen Tests gut geschlagen. Die Liste der ausgewählten Kandidaten sollte an einer anderen B-Schule deklariert werden. Niranjan und ich begleiteten Mahi fröhlich zu dem anderen Veranstaltungsort der B-Schule. Wir hatten auch andere Gründe. Wir wollten uns das Publikum der anderen B-Schulen ansehen. Mahi war klug genug, das herauszufinden.

"Ihr seid solche Idioten! Ihr beide seid nicht hier, um Solidarität für mich zu zeigen, ihr wollt euch nur andere Mädchen ansehen. Das ist so gruselig." Mahi tat so, als wäre sie von uns absolut angewidert.

"Es ist in Ordnung, Mahi. Das ist das Mindeste, was du für deine besten Freunde tun kannst. Denn wer sonst ist in dieser großen, bösen Welt für uns da?" Neckte ich.

"Halt einfach die Klappe, Yash. Bin schon gestresst. Ich bin jetzt seit einem Monat in diesem Vermittlungsprozess und wenn ich nicht reinkomme, wird alles abfließen." Mahi seufzte.

"Mach dir keine Sorgen, Mahi. Du schaffst das." Niranjan versuchte, sie zu beruhigen.

"Ja, Mahi. Die Banker halten immer sehr viel von sich und deshalb versuchen sie, die Kandidaten zu quetschen. Sie wollen das Beste vom Besten", versuchte ich, Niranjan mit meinen Ansichten zu unterstützen.

"Ihr beide bleibt einfach ruhig und lasst mich beruhigen. Ihr verstärkt meine Sorgen. Seht euch einfach die Mädchen in der Lobby an. Das ist eure Agenda, oder? " Mahi war klar und es war Zeit für uns, ihr aus dem Weg zu gehen.

Schließlich war die Liste raus und Mahis Name gehörte zu den Top-Kandidaten. Sie war eine der ersten in unserer B-Schule, die platziert wurde. Es war Zeit für ihre Dankesrede.

"Ich nutze diese Gelegenheit, um meinen B-School-Fakultätsmitgliedern und Platzierungskoordinatoren und meinen Freunden zu danken, die mich auf diesem Weg unterstützt haben."

Mahi war emotional und warum sollte sie es nicht sein? Sie stammte aus einer typisch konservativen Familie, in der Mädchen bald nach ihrem Abschluss heiraten und Kinder bekommen sollten. Ihre Eltern standen zu ihrem

Wunsch, eine höhere Ausbildung zu absolvieren, und hier machte sie sie stolz. Mahi war wirklich anders. Sie war hart umkämpft, aber dennoch bodenständig. Ihre Schönheit war nicht oberflächlich. Ich war stolz, sie als Freundin zu haben.

Es war Zeit für eine Gruppenumarmung, die zur Norm geworden war. Wir drei umarmten uns und ließen all den Schmerz los, dem wir ausgesetzt waren.

Ich trage immer noch die Wärme dieser Umarmung.

Kapitel 16

Mahis Job begann sofort, nachdem sie die Liste der schließlich platzierten Kandidaten bekannt gegeben hatten.

Sie gab ihre Abschlussarbeit, während sie bereits im Job war. Mahis Job war sehr herausfordernd und daher konnten wir uns nicht so oft treffen. Kurz nach der Dissertation wurde Niranjan in eine erstklassige IT-Firma versetzt. Es war wie ein wahrgewordener Traum für ihn. Es war sein Traumjob und nichts anderes war ihm wichtig. Niranjan hing mit mir ab, da sein Eintrittsdatum noch nicht bekannt gegeben wurde.

Ich wurde von Tag zu Tag frustrierter. Ich konnte nicht herausfinden, welches Unternehmen für die Platzierung ausgewählt werden sollte. Die Zeit lief ab und der Druck stieg. Meine Eltern wurden unruhig. Meine Mutter wollte, dass ich das Finanzwesen als meine Spezialisierung aufnehme. Aber ich entschied mich stattdessen für Marketing und Betrieb. Ich wollte etwas Kreatives lernen und etwas, das es mir ermöglichen würde, mich auszudrücken, aber das indische Bildungssystem wurde entwickelt, um alle meine Bestrebungen auszublenden. Beim MBA ging es nur um Noten, Praktika und Gehaltspakete.

Der Film "3 Idiots" wies zu Recht auf Mängel in unserem Bildungssystem hin. Alle Filme haben jedoch ein märchenhaftes Ende. Im wirklichen Leben dauert der Kampf an. Ich konnte meinen Eltern nicht mehr gegenüberstehen. Ihre minimale Erwartung an mich war diesmal, dass ich einen anständigen Job bekomme.

Eine Eigenschaft, die mir ernsthaft fehlte, war die Schaffung einer guten Verbindung zu Menschen, die mir zugute kommen könnten. Ich habe es versäumt, mir in der Platzierungszelle ein Messegelände zu schaffen. Die Fakultät und die an der Vermittlungskommission beteiligten Studenten standen nie auf meiner Kontaktliste. Andere Kinder taten das oft. Sie erhielten Inputs über die Unternehmen, die für Praktika kamen und lernten ihren Auswahlprozess kennen. Das half ihnen, sich einen Vorteil gegenüber den anderen Kandidaten zu verschaffen. Das könnte ich nie tun. Ich könnte Beziehungen niemals zu meinem persönlichen Vorteil nutzen.

Da Marketing mein Hauptfach war, beschloss ich, für die Praktika von FMCG-Unternehmen zu erscheinen. Ich war in den ersten Prozessen erbärmlich, aber ich gewann an Selbstvertrauen, als ich mehr Aufmerksamkeit bekam. In den letzten Tagen der Saison habe ich es geschafft, einen Job zu bekommen. Oder besser gesagt, der Job hat mich gefunden.

Die Personalabteilung eines kleinen FMCG-Unternehmens stand kurz davor, ihren Job zu kündigen, und sie musste die Position der Vertriebsleiterin abschließen, bevor sie kündigen konnte. Sie hatte es eilig, ihre Papiere fallen zu lassen. Sie kam zu unserem College-Campus und begann sofort ohne formelle Einführung mit dem Auswahlverfahren.

Da die meisten Kandidaten bereits in den vorherigen Runden der Vermittlungssaison platziert wurden, blieb nur eine Handvoll wie ich übrig, um einen Job zu bekommen.

Ich erreichte den Campus früh und sie sah mich in der Lobby warten. Sie rief mich herein.

"Bist du wegen des Vorstellungsgesprächs hier?" Fragte sie hastig.

"Ja, ich bin wegen des Interviews hier." Ich war höllisch nervös.

"Na gut. Steig ein." Sie fing an.

"Gibt es vor dem Vorstellungsgespräch einen Eignungstest?" Fragte ich neugierig.

"Nein. Wir fangen direkt an."

Sie wollte das so schnell wie möglich abschließen.

„Sie treffen zuerst unseren Regionalmanager. Vielleicht möchte er dir ein paar Fragen stellen. Dann kannst du hierher zurückkommen."

Ich ging in einen anderen Raum, in dem das Regionalmanagement des Unternehmens stationiert war. Er fragte die Personalabteilung nach mir. Die Personalabteilung vermittelte positive Dinge über mich, auch wenn ich es nicht wusste. Er sah mich nur an und fragte die Personalabteilung erneut: "Bist du dir seiner sicher?" Die Personalabteilung bestätigte dies. Der Prozess war beendet. Das war 's.

"Hallo. Darf ich wissen, wann das Interview stattfinden wird?" Fragte ich verzweifelt.

"Es ist vollbracht. Die Arbeit gehört dir. Ich werde die Formalitäten innerhalb einer Woche erledigen." Sagte die Personalabteilung mit einem Pokerface.

„Was!!! Bin ich fertig?"

Fragte ich schockiert statt überrascht.

"Ja, Glückwunsch!" Und das war 's.

Ich habe einen Job bei einer anständigen FMCG-Firma bekommen, ohne auch nur ein nominales Interview zu führen. Ich dachte, hier wäre etwas faul. Ich habe meinem Praktikumskoordinator davon erzählt. Er sagte, wir werden auf das offizielle Platzierungsschreiben warten. Ich erhielt mein Rekrutierungsschreiben am nächsten Morgen. Die Vermittlungszelle war überrascht und ich auch.

Es gab etwas, das ich nicht herausfinden konnte. Ich habe den Rücksendebrief erhalten, aber der Ort der Entsendung wurde nicht erwähnt. Ich habe mich bei der Firma danach erkundigt. Aber mir wurde versichert, dass ich bald alle Details bekommen würde.

Zu meinem Entsetzen wurde mir klar, dass der Ort der Entsendung Kolkata war. Ich wurde nie darüber informiert, bis ich das Angebot annahm. Ich rief die Personalabteilung an, die mich rekrutiert hatte. Ich stellte fest, dass sie bereits zurückgetreten war und jemand anderes sich um die Rekrutierungen kümmerte.

Ich wurde dazu gebracht, ein Angebot anzunehmen, das ich nicht hätte, wenn ich von der Lage gewusst hätte. Ich habe versucht, meine Vermittlungszelle davon zu überzeugen, mir eine Chance auf eine Vermittlung in ein anderes Unternehmen zu geben. Aber in der Regel kann sich niemand um Stellen bewerben, sobald ein Angebot angenommen wurde.

Ich erklärte Mahi und Niranjan das Szenario. "Ich weiß nicht, wie ich in all das hineingekommen bin."

„In Ihrem Profil stehen Einzelhandelsumsätze. Eine unbekannte Stadt wird Herausforderungen mit sich bringen. Dein Jobprofil verlangt jemanden, der die Landessprache kennt. Du musst zuerst seine Sprache kennen, um ihm etwas richtig verkaufen zu können?" Niranjan machte Sinn.

"Es wird eine interessante Erfahrung sein, wenn Sie es annehmen, aber wenn Sie das Angebot ablehnen, dann geht Ihr Kampf weiter. Das Job-Szenario ist nicht großartig. Die Jobsuche außerhalb des Campus ist nichts, was Sie an diesem Punkt Ihrer Karriere tun möchten. Sie können nicht vorhersagen, wie lange es dauern wird, einen Job zu bekommen. Ein Vogel in der Hand ist zwei im Busch wert. Wie auch immer, wir werden dich unterstützen, egal was passiert."

Mahi war wie immer praktisch.

Ich hatte nicht daran gedacht, die Stadt im wildesten meiner Träume so abrupt zu verlassen. Endlich war es soweit.

Im Stellenprofil stand Sales Executive Retail und das auch in einer Stadt, in der ich noch nie war. "Ich habe das Marketing zu meinem Hauptfach gemacht, in der Hoffnung, in den kreativen Bereich wie Werbung und Branding einzusteigen. Kein einziges Unternehmen mit einem solchen Stellenprofil tauchte auf dem Campus auf. Ich habe auch außerhalb des Campus erfolglos nach Jobs gesucht.

Glücklicherweise kam eine Social-Media-Marketing-Möglichkeit auf meinen Weg. Ich war begeistert.

Im Jahr 2009 entstand ein Microblogging-Portal namens "Twitter". Seine Anwendung war sowohl auf Telefonen als auch auf Computern verfügbar. Social-Media-Präsenz war wie das zweite Leben eines jeden Individuums.

Marketingexperten würden sagen, dass Sie, wenn Sie in den sozialen Medien nicht existierten, überhaupt nicht existierten. Die Domain war roh, hatte aber ein enormes Potenzial, die Marketingszene in den kommenden Jahren zu verändern.

Mir wurde eine Stelle auf der Einstiegsebene angeboten, was bedeuten würde, dass mein Gehalt dem eines normalen Absolventen und nicht dem eines qualifizierten MBA entsprechen würde. Ich habe dieses Arbeitsprofil mit Mahi und Niranjan geteilt.

"Leute, ich habe das Gefühl, dass dieser Job Potenzial hat. Der Social-Media-Boom ist auf dem Vormarsch und das nächste Jahrzehnt wird das Jahrzehnt der sozialen Revolution durch Social-Media-Tools wie Twitter, Facebook und viele mehr sein."

Ich wollte sehen, ob sie von meiner Logik überzeugt waren.

„Alter, hast du nicht gesehen, was mit dem IT-Boom der 90er Jahre passiert ist? Die Blase platzte und die Luft verpuffte innerhalb eines Jahrzehnts. Die Social-Media-Revolution wird das gleiche Schicksal haben. Ihr

Campus-Platzierungsjob befindet sich im herkömmlichen Marketingbereich, der seit Jahren besteht, und die Leute werden nicht einfach alles aufgeben, weil sie Twitter und Facebook folgen. Es gibt einen Unterschied zwischen einer individuellen Fangemeinde und einer Marken-Fangemeinde." Niranjan sprang ein.

„Individuen sind jetzt Marken, dank Social Media. Ashton Kutcher hat mehr Anhänger als die gesamte Bevölkerung Indonesiens. Das ist die Macht der sozialen Medien. Es ist die Sache. Es ist die Zukunft. Ich muss darauf springen, solange der Ball rollt."

Ich war optimistisch. Ich war verzweifelt.

„Sieh mal, Yash, bedenke die Erwartungen der Eltern. Deine Eltern haben die ganze Zeit für deine Ausbildung bezahlt. Der Job im FMCG-Vertrieb bietet Ihnen ein anständiges Paket. Dies ist Ihre Chance, sich zu beweisen. Schnapp es dir! Erfahre, wie die Domain funktioniert, sammle Erfahrungen und kehre dann mit einem besser bezahlten Job nach Mumbai zurück.

Alle sind auf diese Weise glücklich." Mahi war wie immer pragmatisch.

"Das stimmt! Entdecke die Option Kumpel. Du weißt nie, vielleicht findest du Frieden, nachdem du für einige Zeit von zu Hause weggezogen bist."

Niranjan sagte, er kenne meine Gleichung mit meiner Familie.

"Okay, ich dachte, du würdest mich unterstützen. Aber ihr seid pessimistisch." Ich war frustriert, weil ich keine Unterstützung von Mahi oder Niranjan fand.

"Wir können uns nicht für dich entscheiden. Du musst wissen, was du für dich selbst willst. Du kannst deine Eltern nicht für selbstverständlich halten. Jedes Mal, wenn du rebellierst und einen weniger bekannten Weg einschlägst und nach dem Scheitern auf Misserfolg stößt, sind sie frustriert. Sie haben den MBA aufgenommen, sich für das Marketing entschieden und haben jetzt einen Job, der Ihren Fähigkeiten im aktuellen Marktszenario entspricht. Du musst dich darum herumarbeiten. Ich habe Freunde in Kalkutta. Sie werden dir helfen, dich dort niederzulassen." Mahi war hartnäckig.

Es war klar, dass Niranjan und Mahi wollten, dass ich die Gelegenheit in Kalkutta nutze und Außendiensterfahrung im FMCG-Sektor sammle. Sie waren nicht bereit, meinen Social-Media-Bullshit zu kaufen. Es war fast klar, dass, wenn ich Niranjan und Mahi nicht überzeugen konnte, mich zu unterstützen, einen Job in einer Social-Media-Marketing-Agentur vor Ort annehmen, dann konnte ich meine Eltern nie überzeugen. Trotzdem habe ich es versucht!

"Mama. Ich habe eine weitere Jobmöglichkeit als Social-Media-Marketing-Analyst. Es ist ein lokales Unternehmen, aber es ist eine aufstrebende Branche. Das Gehalt ist geringer, aber es gibt viel zu lernen. Sollte ich darüber nachdenken?"

Fragte ich und erwartete nichts.

"Was ist Social Media?"

Meine naive Mutter kannte die gesamte Fassade nicht.

„Es sind Online-Plattformen wie Facebook, Twitter und einige andere Apps auf Mobilgeräten und Computern, auf denen sich Menschen verbinden, Kontakte knüpfen und ihre Produkte verkaufen können."

Ich gab die grundlegende Erklärung.

"Du verbringst Stunden damit, zu plaudern! Was kann daran getan werden?" Mama machte ein Gesicht.

„Viele Marken sind auf Facebook und Twitter präsent. Ihre Konten werden von Drittanbieter-Marketingunternehmen verwaltet, um ihre Reichweite zu vergrößern und auf dem Markt relevant zu bleiben."

Ich versuchte, nach besten Kräften zu argumentieren.

"Und was sagen wir den Leuten? Unser Sohn verwaltet die Facebook-Accounts anderer Personen. Dieser Job, der Ihnen durch ein Praktikum angeboten wird, hat einen gewissen Ruf, einen gewissen Status. Das Unternehmen ist klein, aber bekannt. Als ich mit unseren Freunden und Verwandten über Ihren Job sprach, waren sie wirklich beeindruckt. Nun, was soll ich ihnen sagen?

Du hast so ein gutes Angebot gemacht, weil du Facebook-Twitter spielen wolltest?" Mama war sie selbst. Alles, was zählt, ist, was die Leute denken.

"Du solltest aufhören, dir Sorgen darüber zu machen, was andere Leute denken. Dies ist eine kommende Domain mit einer großen Zukunft. Aber ohne deine Unterstützung überlebe ich vielleicht nicht."

Ich war ehrlich.

"Du solltest aufhören, uns mitzunehmen, Yash. Wir können nicht für immer liefern. Wir haben über unsere Kapazitäten hinaus gearbeitet, um Ihre Ausbildung und Ihren Lebensstil zu finanzieren. Mehr können wir nicht tun. Du musst deinen Lebensunterhalt selbst verdienen." Mama hat sich nicht geirrt.

"Okay, ich nehme den Campus-Job an. Nächste Woche muss ich nach Kalkutta ziehen. Ich packe die Sachen besser hier ein."

Ich wartete darauf, dass Mama etwas sagte. Ich wollte, dass sie sagt, geh nicht, wir werden hier etwas herausfinden. Aber sie tat es nicht. Ich wollte, dass sie sagt, dass Sie die neue Gelegenheit erkunden können, die sich Ihnen bietet, und ich werde Sie unterstützen. Aber sie tat esnicht. Es herrschte ohrenbetäubende Stille.

An diesem Tag wurde mir klar, wie sehr ich diese Stadt wirklich liebte. Hier war ich auf dem Weg in eine andere Stadt, ohne zu versprechen, wiederzukommen. Meine Firma hat für mich einen Flug vom Flughafen Mumbai gebucht. Ich bestieg den Flug. Ich habe einen Fensterplatz. Ich schaute nach unten und das Arabische Meer geriet in Vergessenheit, genau wie meine Zukunft.

Ich wollte gerade von meiner "Stadt der Träume" in die "Stadt der Freude" eintauchen.

Kapitel 17

Es war das erste Mal in meinem Leben, dass ich einen Flug bestieg.

Ich war total taub. Ich hatte nur Flugzeuge gesehen, die entweder in Filmen oder von meiner Gebäudeterrasse aus flogen. Als mein Flug startete, spürte ich eine Schwere in meinem Bauch.

Ich war nur einmal in meinem Leben mit meinen Eltern in den Urlaub gefahren. Meine Eltern glaubten daran, Geld für die Zukunft zu sparen. Sie glaubten immer, dass gute Zeiten verblassen, also sollten wir immer auf einen regnerischen Tag vorbereitet sein.

Ich fragte mich, ob das gute Zeiten waren und wie sich schlechte Zeiten anfühlen würden. Ich sollte bald erfahren, was schlechte Zeiten bedeuteten.

Mein Flug landete und ich wartete in der Nähe des Förderbandes, um mein Gepäck abzuholen. Mein älterer Kollege begleitete mich. Er schien sehr aufgeregt zu sein. Er war ein alter Bengali namens Soumik Chatterjee. Chatterjee war der einzige bengalische Name, den ich nach Ganguly kannte. Er versuchte sein Bestes, um sich mit mir anzufreunden, und ich war ein Idiot.

Ich war so enttäuscht, Mumbai zu verlassen, dass das Trauma zu Fieber führte. Ich hatte eine Körpertemperatur von etwa 101 Grad Fahrenheit. Ich hatte am Abend zuvor Paracetamol eingenommen. Das Fieber ging nicht zurück. Ich wurde in eine Lodge namens Homely Raj in Kalighat gesteckt. Ich habe mein

Gepäck drinnen aufbewahrt. Ich hatte gehofft, dass Chatterjee danach gehen würde. Aber er wartete in der Lobby auf mich.

"Yash. Gehen wir in unser Büro. Ich werde dich auch herumführen." Trotz der mühsamen Reise von Mumbai nach Kolkata war Chatterjee voll aufgeladen.

"Okay, Sir, lass uns gehen." Ich wollte mich ausruhen, aber ich konnte es nicht ablehnen. Chatterjee war mein Senior und Deputy Manager. Ich wollte am ersten Tag selbst keinen falschen Eindruck hinterlassen. Also habe ich mitgespielt.

„Yash, unser Büro befindet sich in bester Lage in Kalkutta. Es heißt The Park Street. Es ist wie dein Nariman Point in Mumbai." Chatterjee war ein stolzer Bengali.

"Nichts ist wie Nariman Point und Kalkutta ist kein Gegner für Mumbai." Sagte ich zu mir selbst.

"Das ist interessant." Antwortete ich mit einem geraden Gesicht.

Wir erreichten das Büro. Das Büro befand sich im 9. Stock und war kleiner als mein Haus in Navi Mumbai. Der Ort war schrecklich beengt und die Leute konnten kaum gehen, ohne aufeinander zu stoßen.

Die Stadt der Freude, "Kolkata", war genauso beengt wie mein Büro im 9. Stock eines 15-stöckigen Gebäudes in der "Park Street".

Chatterjee nahm mich mit in die Kabine unseres Regionalmanagers. Von dieser Hütte aus war das Stadion Eden Gardens gut sichtbar. Das einzige

Positive, das ich an diesem Tag miterlebt habe, war das Stadion Eden Gardens und die Jahre rollten zurück. Ich erinnerte mich an die epische Partnerschaft zwischen VVS Laxman und Rahul Dravid im Spiel 2001 gegen Australien, als Indien in den zweiten Innings folgen musste. Was für ein Tag für Indian Cricket! VVS Laxmans 281 war das beste Test-Inning, das ich bis zu diesem Tag in meinem Leben erlebt hatte. Eden Gardens war ein historischer Ort für indisches Cricket. Ich war in Nostalgie versunken, obwohl ich hohes Fieber hatte.

"Yash... Yash..." Chatterjee rief mehrmals. "Ja, Sir. Es tut mir leid. Ich war verloren." Stotterte ich.

"Geht es dir gut?"

Chatterjee spürte, dass etwas mit mir nicht stimmte. "Ich habe seit gestern Fieber", murmelte ich.

"Oh. Lass mich nachsehen." Er berührte meine brennende Stirn. "Oh, mein Gott, du hast ein sehr hohes Fieber."

Chatterjee bat den Bürojungen Shiva, mich zum Arzt zu bringen. Es war wirklich sehr nett von ihm. Shiva brachte mich zu einem bekannten Arzt, der mir Medikamente gab. Er arrangierte auch mein Abendessen. Ich nahm die Medikamente und schlief, wie ich noch nie zuvor geschlafen hatte. Vielleicht rüstete sich mein Körper für die Turbulenzen, mit denen ich in den kommenden Tagen konfrontiert sein würde.

Mein Berichtsleiter war nicht Chatterjee, sondern ein gewisser Herr Rakesh Ranjan. Ranjan war ein junger dynamischer Leiter der VB-Gruppe. Er hatte alle seine Ziele als Regionalleiter in den letzten 3 Jahren übertroffen. Seine Hütte war beladen mit Trophäen und Anerkennungsurkunden. Er war schlank und groß mit einem schönen Teint und einem feinen Sinn für Kleidung. Er trug formelle Hemden und Hosen, die ordentlich gepresst waren. Er stammte aus Ranchi, der Heimatstadt von Captain Cool M.S. Dhoni. Zufälligerweise kam er vom selben College wie MSD. MSD hat seine College-Ausbildung jedoch nie fortgesetzt.

Ranjan war ein No-Nonsense-Typ, was die Leistung betraf. Er hatte große Erwartungen an seine Mitarbeiter und Untergebenen. Er verfolgte alle Außendienstmitarbeiter. Er pflegte eine detaillierte Profilierung ihrer geografischen Arbeitsgebiete. Ranjan sprach nur in Zahlen. Er zeigte kein Einfühlungsvermögen gegenüber Menschen, die Ausreden dafür hatten, dass sie nicht den festgelegten Standards entsprachen.

Als ich zum ersten Mal mit ihm interagierte, war ihm sehr kalt. Er war am wenigsten daran interessiert, meinen Hintergrund, meine Stärken und Schwächen zu kennen. Alles, was er tat, war, mich mit allen Außendienstmitarbeitern in Einklang zu bringen. Er erwartete, dass ich die ganze Zeit auf dem Feld sein und den Umsatz steigern würde. Er hatte einen langwierigen Arbeitsplan von 11 bis 21 Uhr. Ranjan wollte mich nie im Büro sehen.

Als er mich im Büro sah, hatte er immer eines zu sagen: „Tum yaha kya kar rahe? Market mein jao, dhanda seekho." (Was zum Teufel machst du hier? Gehen Sie zum Markt und verstehen Sie die Verkäufe.)

MBA ist eine illusionäre Ausbildung. Es gibt Ihnen ein fiktives Gefühl von Erfolg und Stolz. Sie werden dazu verleitet zu glauben, dass Sie durch das Erlernen einiger Management-Jargons auf die oberste Stufe der Leiter springen können.

Nichts.......und absolut nichts auf dieser Welt kann Felderfahrung ersetzen; weder irgendeine Ausbildung noch irgendein Führungskurs. Sie müssen bereit sein, sich aus der Asche zu erheben, wenn Sie jemals Marketing als Ihre Domäne wählen, weil Sie ab und zu zu Asche verbrannt werden.

Ich war im FMCG-Kosmetiksegment. Ich sollte den Verkauf von Deodorants, Parfüms, Rasiercremes, Toilettenartikeln und Talkumpudern sicherstellen. Wenn meine Zahlen gut wären, würde ich den Posten eines Managers erhalten. Nach Abschluss meiner Probezeit hatte ich die Chance, zum Gebietsverkaufsleiter befördert zu werden. Bis dahin sollte ich als Verkäufer dienen.

Zunächst sollte ich einen Verkäufer auf dem Feld begleiten, um das Handwerk zu erlernen. Später würde mir ein Bereich zugeteilt, in dem ich alleine für den Verkauf gehen müsste. Ich hätte mir nie vorstellen können, dass ich es durchziehen würde. Verkäufe, auch Einzelhandelsverkäufe, waren nicht mein Ding.

Ich war immer noch in meinem Fantasieland. Ich wollte nicht rauskommen. Meine Mutter rief mich jeden Tag an. Aber nach einer Woche in meinem Job erwartete sie, dass ich sie anrufe und ihr Updates gebe. Ich stand vor neuen Kämpfen und wollte in Ruhe gelassen werden. Hier versuchte ich, mich mit meiner Situation zu arrangieren... in einer Stadt zu leben, von der ich nie geträumt hatte, und meine Mutter war auf ihrem Ego-Trip, weil

Ich habe sie nicht angerufen und ihr täglich Updates gegeben. Was zum Teufel war falsch mit dieser Generation?

Nachdem ich zwei Wochen mit Verkäufern aus verschiedenen Bereichen auf dem Feld verbracht hatte, wurde ich zu einer Überprüfung aufgefordert. Ich habe alle Daten zusammengestellt. Ich wollte den Vertrieb besser organisieren. Die Verkäufer trugen täglich physische Auftragsbücher auf das Feld. Ich wollte, dass sie auf das digitale Format umsteigen. Ich hatte gehofft, dass alle über Smartphones und grundlegendes Computer-Know-how verfügen würden. Ich habe versucht, ihnen Goog- le docs beizubringen, damit sie alle Bestelldaten zusammenstellen und an den Gebietsverkaufsleiter senden können, der sie später zusammenstellen würde. Dies würde die Aufgabe der Nachverfolgung von Bestellungen erleichtern. Ich habe eine Woche damit verbracht, die Tabelle zu entwerfen. Ich gab den Daten, die von einer Handvoll technisch versierter Verkäufer erhalten wurden, den letzten Schliff, als Ranjan mich sah.

"Yeh kya kar raha hai tum?"

(Was zum Teufel machst du da?)

"Sir, ich bestelle Bücher online karne ki koshish karenge ab se. Aufzeichnungen und Verkaufsverfolgung mein asani hogi."

(Sir, wir werden versuchen, Bestellbücher online zu erstellen, um die Aufzeichnung und Umsatzverfolgung zu vereinfachen.)

"Yeh sab faltu ka kaam kyu kar rahe?"

(Warum verschwendest du deine Zeit mit diesem Unsinn?)

„Google Spreadsheet se sab TSMs ko asaan hoga apne salesmen ka track rakhne ke liye."

(Die Google-Tabelle ermöglicht es unseren Territory Sales Managern, den Überblick über Verkäufer und Leistung zu behalten.)

„Kuch bechega toh track rakhenge na!Yeh tab bharega jab koi sale hoga aur sale tab hoga jab tum field pe jaoge unke saath.Yaha baithke bas spreadsheet banake koi kranti nahi la paoge. Market mein jao, dhanda samjho. Kitne Aufträge laye hai tumne pichle 15 din mein?"(Tabellenkalkulationen sind nur nützlich, wenn Verkäufe stattfinden. Sie können keine Revolution auf der Grundlage einer Google-Tabelle herbeiführen. Sie müssen zusammen mit Verkäufern ins Feld gehen und die Verkäufe direkt einbringen. Übrigens, wie viele Bestellungen haben Sie in den letzten 15 Tagen initiiert?)

"Sir, jinke saath gaya tha unke order aye hain."

(Sir, ich habe unsere Verkäufer begleitet und sie haben Bestellungen erhalten.)

"Haan, par tumne akele ne kitne kiye?"

(Wie viele Bestellungen haben Sie einzeln veranlasst?)

"Nahi Sir, waise ek bhi nahi kiya."

(Nein, Sir, einzeln habe ich keine Bestellung generiert.)

„Fir kya verwenden hai tumhara? Tum dhanda samajhna hi nahi chahte.Tumhare andar woh spark nahi hain."

(Was nützt es dann, dass du hier bist? Du hast nicht den Funken in dir, um das Geschäft zu verstehen.)

Seine Worte trafen mich wie ein Blitz. Ich habe tagelang darüber nachgedacht.

Nach dreiundzwanzig Jahren des Bestehens und nachdem ich den Wettbewerb nach dem Wettbewerb, die Prüfung nach der Prüfung, das Interview nach dem Interview durchlaufen hatte, war ich nicht gut genug für irgendetwas?

Nach einem anstrengenden langen Tag auf dem Feld als Verkäufer würde ich in meine Mietwohnung zurückkehren. Ich konnte es mir nicht leisten, eine Wohnung in der Gegend von Kalighat zu mieten. Es war eine der besten Lagen in Kalkutta und natürlich lag die Miete auf der höheren Seite. Ich wurde 15 Tage lang von meiner Firma im Homely Raj Hotel untergebracht. Ich musste innerhalb von 15 Tagen eine Unterkunft in einer fremden Stadt finden. Ich hatte wirklich das Gefühl, dass diese Leute so freundlich waren, mir mindestens 15 Tage zu geben.

Ich fragte einige meiner Kollegen und Vertriebsmitarbeiter, die jeden Winkel der Stadt kannten. Einige Leute versuchten, mir besonders nahe zu kommen. Sie glaubten, da ich aus Mumbai gekommen war, war ich reich und sie konnten von mir profitieren.

Einer der Verkäufer namens Simul verhielt sich wie ein Makler, während ich nach einer Wohnung suchte. Simul hatte das Alter Ego eines Immobilienmaklers. Er war unter dem Namen seines Bruders Teilzeit-Immobilienmakler. Simul nahm für alles eine Provision. Er verband mich mit verschiedenen Hausbesitzern und verdiente ein paar Dollar, nur weil er mir ihr Haus zeigte. Simul war ein schlauer Kerl, aber ich hatte keine andere Wahl. Ich musste dem Hausbesitzer sowie Simul eine Monatsmiete im Voraus zahlen, um sofort in eine Wohnung umziehen zu können.

Es war 2010 und die Online-Haussuche war zu dieser Zeit nicht wirklich eine Sache. Ich musste mich auf die schlauen Makler verlassen, die gut darin waren, verlorene Seelen wie mich auszubeuten.

Die Haussuche gab mir die Möglichkeit, diese Stadt aus einer anderen Perspektive zu betrachten.

Als ich mich in Kalkutta umsah, fand ich es so schäbig und überfüllt wie Mumbai. Die Straßen waren eng und die Verkehrsdisziplin erbärmlich. Die Leute stürzten sich regelmäßig auf dich und zogen weiter, ohne sich zu entschuldigen.

Mit kaum Optionen in der Hand gelang es Simul, mir eine Wohnung in Tollygunge zu besorgen.

Er sagte: „Yash da, du wirst dich hier zu Hause fühlen."
"Wie kommt es?" Ich war neugierig zu wissen.

"Genau wie Mumbais Bollywood hat Kolkata Tollywood. Das nennt man Tollygunge."

Simul hatte ein teuflisches Lächeln.

"Ok, Simul da, das ist großartig. Übrigens bin ich kein Fan von Bollywood." Ich versuchte, den Sprudel von seiner sogenannten Errungenschaft, mir eine Wohnung in Tollygunge zu besorgen, zu nehmen.

"Warum? Ich dachte, du müsstest Shahrukh Khan, Salman Khan mindestens einmal getroffen haben." Simul war kindisch.

„Nein, Simul da, diese Leute leben in Mumbai, das im Weltraum liegt. Wir, Menschen der Mittelschicht, leben in Mumbai, das am Boden liegt. Also sehen wir keine Bollywood-Stars." Sagte ich mit Sarkasmus.

Der Hausbesitzer war eine alte Dame, deren Kinder in Großbritannien waren. Sie lebte mit ihrem Mann zusammen, der sich unwohl fühlte, aber die Dame war sehr stark und gesprächig. Sie würde nur in Bangla sprechen, da sie keine andere Sprache kannte. Sie wusste, dass ich nicht verstehen oder sprechen konnte

Bangla, aber sie sprach weiter und erwartete, dass ich ihr zuhöre.

"Apni ki Mumbai theke eseche?"

(Sind Sie aus Mumbai?)

Ich habe im ganzen Satz nur „Mumbai" verstanden und entsprechend geantwortet.

"Ja. Mumbai."

Sie lächelte und ich dachte, das wäre es. Aber das war es nicht. "Tahale tumi ekhane kibhabe? Mumbai eta bara sahara."(Wie kommt es dann, dass du hier bist? Mumbai ist so eine große Stadt.)

"Simul da, Tante fragt etwas, ich verstehe es nicht. Bitte erläutern Sie". Ich fühlte mich hilflos.

"Ki hayeche khala, se bengali bojhena."

(Was passiert ist, Tante, er versteht Bengalisch nicht.)

„Ebam ami hindi ba inreji bujhi na. Tai amara katha bala ucita naya ki? Amara basaya ke thake janate habe."

(Und ich verstehe weder Hindi noch Englisch. Also sollte ich nicht sprechen oder was? Ich muss wissen, wer in meinem Haus wohnt.)

„Tai apni amake jijnasa karate parena. Ami apanake balaba."

(Also, du kannst mich fragen, ich werde es dir sagen.)

Simul gab ihr meine Informationen zusammen mit einigen Dokumenten und erst dann ging die Dame. Sie kam täglich in meine Wohnung, um zu überprüfen, ob es mir gut ging.

Jede Stadt hat ihre eigene Farbe und ihren eigenen Geschmack.

Kolkata hatte eine Farbe, die ich nicht bemerken konnte, da ich von meinen eigenen Enttäuschungen und Erwartungen geblendet wurde. Ich konnte nicht schätzen, was an der Stadt gut war. Die Farbe der Howrah-Brücke und ihre Lichter bei Nacht oder das Glitzern und die Hektik der Parkstraße, die göttliche Rötung von Kalighat und der Glamour von

Tollygunge...die Stadt war in der Tat lebendig, aber ich war nicht bereit dafür.

Ich war zu selbstbezogen, um das zu erleben, was ein Leben lang schöne Erinnerungen hätte sein können.

Kapitel 18

Ich hatte es satt, dass alle daran interessiert waren, mit mir zu reden und neugierig auf mein Leben waren.

Die Leute im Büro haben mir unter anderem zahlreiche Fragen zu meinem Privatleben gestellt. Wie können die Leute so persönlich werden, wenn sie mich nur ein paar Tage kennen?

Das Leben an der beruflichen Front war schlimmer denn je. Ich konnte keine einzige Bestellung umwandeln und war bereits einen Monat in meinem Job. Meine Wohnung in Tollygunge befand sich oberhalb von Krishna Mishthan Bhandar und vor einem Taxistand. Die ikonischen gelben Taxis von Kolkata standen direkt vor meinem Gebäude.

Jeden Monat überprüfte der Regionalleiter Ranjan alle Verkäufer. Da ich keine Verkäufe konvertieren konnte, habe ich mich in der letzten Woche nicht im Büro gemeldet. Ich musste einige der Sachen für meine neue Unterkunft sortieren.

Ranjan überprüfte persönlich alle Auftragsbücher der Verkäufer. Es gab einen Verkäufer in seinen frühen 50er Jahren namens Bhaskor. Sein Verkaufsrekord war erbärmlich, da ihm das Khidirpore-Gebiet von Kalkutta zugewiesen wurde, in dem die Bevölkerung der unteren Mittelschicht untergebracht war. Bhaskor saß neben mir. Er war ein sperriger Typ mit einem hervorstehenden Bauch, grauem, öligem, aber seidigem Haar, das von der

Mitte abgetrennt war, einem dicken Schnurrbart und goldgerahmten Details.

Er sagte zu mir: "Tomara nama ki?"

(Wie heißt du?)

"Ich bin Yash. und es tut mir leid, dass ich Bengalisch nicht verstehe." "Oh. Kein Problem. Woher kommst du?"

"Ich komme aus Mumbai."

„Mumbai!!!! Apani ekhane ki karachena? Ich meine, was machst du hier?"

"Ich bin erst vor einem Monat als Management-Trainee in die VB-Gruppe eingetreten und meine Probezeit geht weiter. Ranjan Sir hat mich gebeten, bis zum Abschluss meiner Probezeit im Außendienst zu arbeiten."

"Oh. Also, auch du verkaufst, um zu segeln, oder?" "Ja. Mehr oder weniger."

"Hast du welche verkauft?"

"Nein. Nicht einmal eine Seife, ein Deo oder ein Parfüm." "Ich auch nicht" Bhaskor war unverblümt.

"Wie kommt es? Du scheinst erfahren und ein Einheimischer zu sein, also was ist schief gelaufen?" Ich war ratlos.

"Mein Territorium ist Khidirpore. Seine Bewohner befinden sich auf der untersten Sprosse der Gesellschaft. Die Leute werden Seifen basierend auf den Preisen kaufen. Wenn sie 10 Rupien hätten, würden sie ein Ei kaufen, das 3 Rupien kostet, und eine Seife, die 5 Rupien kostet? Warum sollte ein armer Mann an meinem Standort Geld sparen, um eine Premium-Seife für 25 Rupien zu kaufen? Heute ist Lifebuoy für 7 Rupien erhältlich. Sie kaufen das lieber. Dieser Bereich ist kein Markt für Kosmetika und Toilettenartikel. Es ist eine schlechte Strategie." Bhaskor war begeistert von seinem Denkprozess und seinen Überzeugungen.

"Warum sagst du das nicht unserem RM?"

"Ich habe es ihm mehrmals gesagt. Er antwortet nur, indem er auf meine Fehler zeigt und mir sagt, wie unfähig ich bin." Bhaskor rauchte vor Wut.

Aber seine Wut ließ schnell nach, als Ranjan die enge Sitzecke betrat. Die meisten Verkäufer standen. Es gab auch einige Verkäuferinnen. Ranjan überprüfte die Auftragsbücher und schlug alle zu, einschließlich Bhaskor. Derselbe Bhaskor, der vor einer Weile wütend war, war jetzt betäubt und verstummte. Schließlich wurde ich zur Überprüfung gebracht.

"Er ist also unser neuer Joinee. Er soll nach seiner Probezeit TSM (Territory Sales Manager) werden. Dekhte hain isne kitna sale kiya hain."

(Mal sehen, wie viel Umsatz er gemacht hat.)

Ich gab ihm mein Bestellbuch und er hatte auch meinen Login-Datensatz im Bestellbereich.

"Yeh kya! Ek soap tak nahi bech paye! Aur Territory Sales Manager Banoge."

(Sie haben noch nicht einmal eine einzige Seife verkauft und möchten Gebietsverkaufsleiter werden.)

Er begann mit einem teuflischen Blick zu lächeln.

"Woh karega, Sir." Bhowmick, der ein älterer TSM war, sagte zu meiner Unterstützung.

Er hat mir den Tag gerettet, aber ich fragte mich, wie lange ich von anderen gerettet werden würde. Der Verkauf war sicherlich nicht meine Tasse Tee. Ich kämpfte hart, um in Kalkutta überhaupt zu überleben, und darüber hinaus sollte ich Seifen, Deos und Parfüms auf den Straßen von Kalkutta in der heißen Sonne verkaufen. Meine Moral war auf einem Allzeittief. Ich begann sofort nach einem Ausgang zu suchen.

Ich hatte aufgehört, oft zu Hause anzurufen, aber wann immer ich es tat, versuchte ich meiner Mutter die Situation zu erklären, in der ich mich befand. Wie immer wurde die Nadel der Schuld auf mich gerichtet.

"Mama, ich mag es hier nicht. Verkauf ist nicht mein Ding."

„Ich hatte Sie so oft gewarnt, Marketing nicht zu Ihrer Spezialisierung zu machen. Hättest du die Finanzierung übernommen, hättest du einen guten Job bei einer Bank bekommen können. Aber du hast beschlossen, nie auf mich zu hören. Was können wir sonst noch für Sie tun? Es war Ihre Entscheidung und die Konsequenzen sind bereits sichtbar. Jetzt musst du dich ihnen stellen." Mama brachte mich mit der Wahrheit zum Schweigen.

Eltern glauben, dass sie so handeln müssen, als wären sie immer stark und direkt vor ihren Kindern, damit die Kinder stark bleiben. Es funktioniert nicht. Wenn Eltern stark handeln, wenn ihre Kinder verletzlich sind, vermitteln sie eine Vorstellung, dass das, was am Ende zählt, das Ergebnis ist, egal wie es kommt.

Als ich meine Weigerung ausdrückte, den Job fortzusetzen und in Kalkutta zu leben, kam meine Mutter, anstatt ihre Verletzlichkeit zu zeigen, stark heraus, nur um zu beweisen, dass auch ich in meinem Leben stark sein musste. Das ruiniert die Beziehung, egal wie gut gemeint deine Haltung auch sein mag.

Es vergingen Tage und ich wurde immer frustrierter mit meinem Job. Es gab keinen einzigen Motivationsfaktor. Ich hatte noch nie in meinem Leben allein gelebt und hatte daher mit den täglichen Hausarbeiten zu kämpfen. Ich könnte nie rechtzeitig aufwachen, um das Frühstück zuzubereiten. Ich hatte Junk Food bei Krishna Mishthan Bhandar. Mein Esszyklus war stark beeinträchtigt. Mittags bekam ich nie Hunger. Mein Schlafzyklus wurde durch die lauten Fahrzeughupen in der Nacht gestört.

Eines Tages wachte ich mitten in der Nacht verzweifelt auf, um mit jemandem zu sprechen. Es war niemand in der Nähe. Mit der Zeit war mein Kontakt zu meinem Schulkameraden Chaitu verschwunden. Sharvari ging, ohne etwas zu sagen. Freddie war über soziale Medien in Kontakt, ebenso wie Niranjan und Mahi.

Ich habe versucht, online nach Sharvari zu suchen. Sie muss irgendwo Profil haben. Ich habe sie auf Facebook gefunden. Sie war mit ihrem Freund Sushrut verheiratet. Sie sah glücklich aus in die Bilder. Ich vermied es, sie anzusprechen, da ich keinen Sinn darin sah, ihr glückliches Leben zu stören. Also rief ich Freddie an, der zu dieser Zeit in Arizona war.

"Hey Bruder! Lange nicht gesehen, was?" Freddie klang wie immer fröhlich.

"Bruder, ich mag es hier nicht. Das Profil ist nichts, was sie versprochen haben. Ich arbeite als mickriger Verkäufer. Ich kann einfach nicht lange so weitermachen." Ich entlüftete meine Frustration.

„So funktioniert die Welt. Sie werden dich benutzen, weil sie dich bezahlen. Und bis du etwas anderes findest, musst du es behalten." Fredrick war von seiner besten Seite, als er in seinem typisch amerikanischen Akzent sprach.

"Alles klar, Bruder. Ich schätze, du hast recht. Wir sehen uns."

Im Gespräch mit Freddie fühlte ich mich gut, aber die Lücke war zu tief, um gefüllt zu werden. Es war 4 Monate her, seit ich nach Kalkutta gezogen war.

Ich erinnere mich, dass es Silvester war und alle feierten. Ich konnte es auf Facebook sehen. Ich saß allein in meinem Zimmer. Ich hatte das Gefühl, dass ich einmal mit Sharvari sprechen sollte. Ich schrieb ihr eine SMS auf Messenger und wartete auf eine Antwort.

Das neue Jahr begann, aber es gab immer noch keine Antwort. Es brach mir das Herz. Ich zog es vor, es danach für mich zu behalten. Ich habe kaum mit jemandem gesprochen. Ich hatte keine Freunde in Kalkutta. Ich kannte einige Verkäufer, die mehr oder weniger in meinem Alter waren, aber ich kam nicht mit ihnen aus. Sie betrachteten mich als jemanden, der gekommen war, um ihre Arbeit zu überwachen und würde zurückgehen und dem Regionalleiter Bericht erstatten. Mein Jobprofil war nichts dergleichen. Ich musste die Zahlen genau wie sie einbringen. Je mehr ich verkaufte, desto schneller versiegelte ich meine Position im Unternehmen. Es war leichter gesagt als getan. Ich konnte immer noch keine einzige Einheit unserer Produkte verkaufen. Ich hatte Probleme mit der Sprache, dem Transport und den Orten.

Eines Tages, an einem heißen Nachmittag und auf nüchternen Magen, ging ich in den engen Gassen des Bara Bazaar spazieren. Ich betrat einen Laden namens Durga Traders, der einem Subhash Sinha gehörte. Bevor ich ihn bitten konnte, eines unserer Produkte zu kaufen, wurde ich in seinem Laden ohnmächtig.

Sinha kam gelaufen und half mir aufzustehen. Er bot mir einen Stuhl an, um in seinem Laden zu sitzen. Er erkannte, dass ich kein Einheimischer war, also sprach er auf Hindi "Kaha se ho Sir?"

"Mumbai." Antwortete ich schwach.

"Mumbai? Yaha kaise?"

Als er meinen Zustand sah, korrigierte er sich selbst.

„Chalo woh chodo, aapne shayad kuch khaya nahi hain subah se. Kuch kha lijiye."

Er brachte mir etwas Chana-Puri, das in eine Papierschale gewickelt war, zusammen mit einem gekühlten Thums Up. Es war so nett von ihm. Ich aß hastig, weil ich verdammt hungrig war. Als ich mit dem Essen fertig war, fragte er mich: "Yaha kaise aye."

„VB group mein sales join kiya hain, char mahine ho gaye." "Sales mein ho aur yaha posting mili aapko. VB Group toh Mumbai mein bhi hain."

„Kuch bataya nahi unhone, offer letter mein Kolkata ki posting thi aur koi option nahi tha."

"Sales mein koi khas interest nahi dikhta aapko."

Er war ein guter Beobachter.

„Bilkul nahi hain. Kuch aur sochke schließt sich kiya tha, par ab aisa lag raha hain phans gaya hoon an."

„Aapko kya lagta hain yahan jitne bhi salesmen ghoom rahe hain, kya salesmen bananaa unke bachpan ka sapna tha? Woh bhi majboor hain aap hi ki tarah. Aap toh padhe likhe hain. Kabhi na kabhi aapko option mil hi jayega, par woh bechare toh kai saalon tak yahi kaam karte rahenge. Isliye Nirash Mat Hoiye. Kolkata aye hain, iss sheher ko ek mauka toh dijiye. Kaam na sahi par iss shehar ka rang toh dekh lijiye. Apna maqsad bhi janiye. Agar aapko kuch aur karna hai toh yaha bhi jyada waqt barbaad mat kijiye. Paise ikatthe hote hi nikal jaiye."

Sinha zu treffen war wie ein Weckruf für mich. Er zeigte mir, dass ich im Leben ohne Fokus und Ziel unterwegs war. Ich musste meine Zeit und Energie in meine Träume und Ambitionen stecken. Er entfachte Hoffnung in mir. Ich sollte diese neue Stadt besser kennenlernen und ihr eine Chance geben, anstatt deprimiert zu sein, weil ich nicht in Mumbai bin.

„Ji Sir, sahi kahan apne. Jaroor sochunga iske barey mein. Aap se milke achha laga."

"Mujhe bhi. Aate rahiye. Bestellen Sie nahi dunga par muft ki salah jaroor dunga." Er kicherte.

Wir lachten beide von ganzem Herzen. Dies war meine erste gute Erfahrung in Kalkutta. Es blieb für immer bei mir.

Ich sah Kolkata jetzt nur wegen seiner Farbe an. Ich genoss die glitzernde Howrah Bridge bei Nacht, die pulsierende Park Street und das rote und göttliche Kalighat. Ich fing auch an, nach anderen Möglichkeiten zu suchen. Freddie hatte Kontakt zu einigen Indern aufgenommen, die in New Jersey lebten und eine NGO in Mumbai finanzierten. Er erkannte, dass sie Eventmanager und PR-Personal brauchten. Er hat ein Wort für mich eingelegt und eines schönen Tages bekam ich einen Anruf. Es gab eine Öffnung. Ich habe mit dem Recruiting Manager telefoniert. Sie schienen daran interessiert zu sein, Leute mit einem guten Management-Hintergrund einzustellen.

Freddie sah, dass mich die richtigen Leute empfahlen. So war es sicher, dass ich den Job bekommen würde. Es gab jedoch einen Haken. Das Gehaltspaket wäre nicht so viel, wie ich in meinem College-Praktikum bekommen habe.

Die letzten Formalitäten sollten in Mumbai erledigt werden. Dennoch gab es Bedenken, was wäre, wenn ich keinen Job bekomme? Es kann sehr gut passieren, dass sie jemand anderen finden, bevor ich die Endrunde erreiche. Möglicherweise bekomme ich keinen Urlaub von meinem Büro. Ich wollte mit jemandem sprechen, der mir etwas sagen würde, was ich hören wollte. Also ging ich zu Sinhas Laden. Ich erklärte ihm das Szenario.

„Sir, mujhe job milne kay chances bahut hain, par final tab hoga jab final round clear hoga aur mujhe yahaan chutti nahi milegi aur mein final round delay bhi nahi kar sakta kyunki tab tak shayad unki requirement puri ho jaye.

Samajh mei nahi aa raha kya karu."

„Kolkata kay rang dekhe tumne? Ise khushi ka sheher,"Stadt der Freude" kyu kehte hai pata hai?"

"Nahi, Sir."

„Kyon Ki, yaha log chhoti cheezon mein khushi dhundte hain. Tumhe samajhna hoga tumhari khushi kismein hain. Yaha sales karne mein ya Mumbai mein job karne mein?"

"Mujhe Mumbai jaana hain aur wohi par kaam karna hai."

"Toh ho gaya entscheide. Flug lelo aur nikal jao. Interview mei pura dil laga dena"

„Ja, Sir. Vielen Dank! Aapko kabhi nahi bhulunga."

„Chal jhoota! Kaam mein busy ho jayega toh kaha yaad aaunga. Aur Kolkata toh tu ane se raha."

SInha gab mir die Antwort, die ich bereits kannte. Kolkata war bekannt als die Stadt der Freude und meine Freude wartete auf mich

in Mumbai. Ich war nicht mehr verwirrt, was ich tun sollte. Ich eilte in mein Zimmer, packte zusammen und ging zum Haus der Vermieterin. Ich habe auch Simul informiert. Er tauchte auf.

"Tante, ich gehe."

"Ki?" Sie schien verwirrt zu sein.

„Tini balachena ye tini ghara theke beriye yacchena. Tini Mumbai phire yacchena." Simul geklärt.

(Er sagt, dass er den Raum verlässt. Er geht zurück nach Mumbai.)

"Kibhabe? Apani balechilena ye tini kamapakse eka bacha- ra thakabena"

(Wie kommt das? Du hast gesagt, dass er mindestens ein Jahr bleiben wird.)

"Hyam. Kintu yete habe. Se ara apeksa karate pare na."

(Ja. Aber er muss gehen. Er kann nicht länger warten)

„Ami eka masera bhara kataba"

(Ich ziehe eine Monatsmiete ab.)

Ich verstand, was sie andeutete. Antwortete ich.

"Thika schmerzt. Khala."

Ich berührte ihre Füße und ging.

"Adbhuta chele."

Seltsamer Kerl, bemerkte sie mit einem schiefen Lächeln.

Ich rannte mit dem Gepäck, meine Augen füllten sich mit Tränen. Ich wollte endlich nach Hause. Ich nahm das gelbe Taxi zum Flughafen und bestieg den Flug.

Ich startete von der Stadt der Freude zurück zu meiner ersten Liebe, der Stadt der Träume.

Kapitel 19

Ich war zuversichtlich, dass ich alles herausgefunden hatte.

Ich war zu Hause in Mumbai, um einen halbwegs anständigen Job in einer Domäne zu bekommen, von der ich glaubte, dass sie zuordenbar war. Sobald ich nach Hause kam, waren meine Eltern schockiert, mich zu sehen.

"Was ist passiert? Ist dort alles in Ordnung?" Mama schien besorgt zu sein.

"Jetzt wird alles in Ordnung sein." Ich lächelte.

Mama begann: „Für wie viele Tage bist du gekommen? Wann kommst du zurück? Wie sind Sie aus dem Büro entlassen worden?"

Ich erwartete, dass Mama glücklich sein würde, dass ich zurück war. Aber hier fand ich sie besorgt um meinen Job und meine Karriere. Ich dachte, es sei ein oberflächlicher Gedanke. Ich war nach langer Zeit zu Hause und alles, was sie interessierte, war der Job. Ich versteckte meine Enttäuschung und erzählte ihr von der Gelegenheit.

„Es gibt eine Beschäftigungsmöglichkeit in einer NGO. Sie brauchen Freiwillige für die Veranstaltungen, die sie in Mumbai organisieren."

"Welche Art von Veranstaltungen?"

„Soziale Veranstaltungen wie Spendenaktionen, Wohltätigkeitsveranstaltungen und einige sportliche oder kulturelle Veranstaltungen, die ein Bewusstsein für soziale Themen schaffen."

"Und wie viel werden sie dich für diesen Job bezahlen?"

"Am Anfang wird es nicht viel sein, aber ich kann schneller wachsen und das Gehalt und andere Vergünstigungen werden steigen."

"Ist dieser Job sicher? Ich meine, Ihr derzeitiges Unternehmen bietet Ihnen PF an. Wirst du hier die gleiche Sicherheit bekommen?"

"Ich werde das mit HR besprechen müssen."

„Und ohne die Details zu besprechen, haben Sie Ihren bestehenden Job bereits gekündigt. Wie sorglos von dir! Wir haben Tag für Tag gekämpft, um dir ein sicheres Leben zu ermöglichen, aber du scheinst es nicht zu schätzen. Du hältst uns für selbstverständlich. Du musst lernen, jetzt auf dich allein gestellt zu sein. Sie können sich nicht darauf verlassen, dass wir Sie hin und wieder unterstützen. Du musst verstehen, dass wir alt werden."

War mein Glück nicht die oberste Priorität? Und wann durfte ich selbst entscheiden? Darf ich nicht scheitern und lernen? Ich war Mitte 20 und Mama war gestresst, weil die Zeit knapp wurde und all das Zeug.

Ich beschloss, alles hinter mir zu lassen und mich auf mein Interview zu konzentrieren. Mein Termin wurde mit der Personalabteilung der NGO Peace Foundation festgelegt. Ich wollte Romila treffen. Sie kannte jemanden, der Freddie kannte. Das hat mein Selbstvertrauen gestärkt. Romila begrüßte mich, sobald ich das Büro in Lower Parel, Mumbai, erreichte.

"Hallo Yash, setz dich. Ich habe Ihr Profil durchsucht. Ich muss nur ein paar Punkte klären, wenn es dir nichts ausmacht."

"Kein Problem, bitte mach weiter."

„Wir brauchen Freiwillige für Wohltätigkeitsveranstaltungen wie den Halbmarathon, die Oldtimer-Roadshow, Spendenaktionen von Prominenten und dergleichen. Ein Freiwilliger sollte ein Selbststarter sein, der eine proaktive Rolle bei der Organisation dieser Veranstaltungen spielen kann. Abgesehen davon sollten Freiwillige auch durch verschiedene Kampagnen Spenden sammeln. Aus deinem Profil wissen wir, dass du im Verkauf tätig warst, also musst du deine Fähigkeiten einsetzen, um Geld zu sammeln. Es wird ein festes Gehalt von 20.000 Rupien geben und es wird Anreize geben, je nachdem, wie viel Geld Sie in einem Monat sammeln können. Also bist du damit einverstanden?"

Ich wollte frustriert schreien! In Kalkutta habe ich zumindest materielle Produkte verkauft. Hier sollte ich den Menschen Schuldgefühle verkaufen. Ich würde die finanziell belastete Mittelschicht drängen, Geld für die Bedürftigen zu sammeln. Ich müsste sie in Einkaufszentren, Bahnhöfen, Bushaltestellen und Parks konfrontieren und sie davon überzeugen, wie glücklich sie sind, ein gutes Leben zu führen, während 60% unserer Bevölkerung nicht die gleichen Privilegien genießen.

Es würde hart werden, aber ich hatte keine andere Wahl. Ich war aus Kalkutta weggelaufen, in der Hoffnung, einen Job in Mumbai zu bekommen. Und hier wurde mir einer mit einem Jobprofil angeboten, das schlimmer war als das, was ich zurückgelassen hatte.

"Ja. Ich bin damit einverstanden."

Ich sagte in der negativsten Bestätigung, die man jemals erleben kann.

Ich bin halbherzig der NGO Peace Foundation beigetreten.

Der Silberstreif am Horizont war, dass ich endlich zu Hause im lieben alten Mumbai lebte.

Kapitel 20

Es war das Jahr 2011.

Alle Augen waren auf die indische Cricket-Mannschaft gerichtet, weil eine Weltmeisterschaft in Indien ausgetragen werden sollte und Indien der heißeste Favorit war.

Es waren noch anderthalb Monate bis zur WM, aber die Spannung war in der Atmosphäre zu spüren. Es sollte Sachin Tendulkars letzte Weltmeisterschaft werden und alle wollten sie für ihn gewinnen. Das Szenario war maßgeschneidert für das indische Cricket-Team. Herr Sharad Pawar, ein erfahrener Politiker, war der Präsident des IStGH. Er sorgte dafür, dass die Bedingungen, die Pitches und die Terminplanung zugunsten von Team India waren.

Dies war das beste indische Team, das ich je gesehen hatte. Wir hatten einen ruhigen und gelassenen Anführer, der mit der wertvollen Erfahrung von Sachin Tendulkar zur Verfügung stand. Gary Kirsten brachte das Team zusammen wie nie zuvor. Nach dem Greg Chappell Fiasko wirkte Gary wie ein gefallener Engel. Er kannte seine Grenzen als Spieler, erwies sich aber als exzellenter Trainer. Es wurde reflektiert als er sich Tendulkar näherte und ihn fragte, was er tun könnte, damit Tendulkar sich besser fühlt. Gary wusste, dass Tendulkar ein Meister des Spiels war und es gab nichts, was er ihm sagen konnte. Tendulkar bat nur um seine Freundschaft. Gary und Tendulkar bauten schließlich eine großartige Kameradschaft auf, die dem Team half zu gelieren.

Jedes Mal, wenn sich eine Weltmeisterschaft nähert, vermisse ich Chaitu. Ich habe keinen größeren Cricket-Buff als ihn gesehen. Er ging nach Kanada, nachdem das Rezessionsdebakel Indien getroffen hatte. Obwohl Sharvari kein Interesse an Cricket hatte, sahen wir uns viele Spiele zusammen an. Ich wünschte, sie wäre hier. Ich hätte ihre Hand gehalten, als es für Team India schwierig wurde. Aber dieses Mal war ich ganz allein.

Meine Eltern waren frustriert von mir, weil ich einige beschissene Entscheidungen über meine Karriere getroffen hatte. Aber die Weltmeisterschaft hatte die Spannung bei mir etwas gemildert. Meine Eltern verfolgten diesmal die Fortschritte des indischen Teams bei der Weltmeisterschaft.

Indien hatte eine ordentliche Fahrt bis zu den Knockouts. Sie verloren gegen Südafrika und spielten in der Ligaphase unentschieden gegen England, erreichten aber bequem die K.o.-Runden. Im Viertelfinale trafen wir auf Australien. Australien hatte 3 Weltmeisterschaften in Folge gewonnen; 1999, 2003 und 2007. Zuvor hatten sie 1987 eine Weltmeisterschaft gewonnen.

Australien beginnt bei jeder Weltmeisterschaft immer als Favorit. Diesmal standen sie jedoch unter Druck, da sich die meisten ihrer legendären Spieler wie McGrath, Gillespie, Hayden und Gilchrist vom internationalen Cricket zurückgezogen hatten. Leider wurde Indien trotz eines soliden Starts auf die Probe gestellt von den Öffnern, Sachin erreicht seine 50. Nach dem

Zusammenbruch der mittleren Ordnung war es Yuvraj Singh, der Indien mit Suresh Raina zum Sieg führte. Der siegreiche Cover-Drive, den er gegen Brett Lee gespielt hat, ist für immer in den Erinnerungen aller Cricket-Fans eingebrannt.

Das Halbfinale wurde zwischen den Erzrivalen Indien und Pakistan in Mohali ausgetragen. An diesem Spiel nahmen viele politische Würdenträger beider Länder teil.

Es war das erste Mal, dass Indien nach dem heimtückischen Angriff vom 26.11. in Mumbai gegen Pakistan spielte. Pakistanische Spieler, die in der ersten Ausgabe der IPL gespielt hatten, konnten nie wieder an der Liga teilnehmen, da Indien alle Beziehungen zu Pakistan abgebrochen hatte, um diplomatischen Druck auf sie im internationalen Forum aufzubauen. Das WM-Wesen war ein ICC-Event. Das Spiel mit einem Team zu verweigern, würde bedeuten, das Spiel zu verlieren, und da dies das Halbfinale war, war ein Rückzieher keine Option.

Indien hat in allen internationalen Turnieren gegen Pakistan gespielt, sei es bei der Weltmeisterschaft, der Champions Trophy oder der T20-Weltmeisterschaft, und wir hielten 29 Jahre lang den Rekord, Pakistan in allen Weltmeisterschaftsspielen zu schlagen.

Indien schlug zuerst und erzielte 260 in 50 Overs. Dank eines stetigen Klopfens von Sachin Tendulkar und einigen gewöhnlichen Einsätzen des pakistanischen Teams. Suresh Raina gab den dringend benötigten Impuls in den Final Overs. Indianer hat gut gebowlt und wir haben bequem gewonnen. Als Misbah Ul-Haq ein hohes On-Drive spielte und versuchte, eine Sechs-über-Long-On zu treffen, schaffte er es nur, einen jungen Virat Kohli zu finden, der auf Long-On unterwegs war. Rahul Gandhi, unser junger Kongressleiter saß zu der Zeit mit seiner Mutter Sonia Gandhi auf einer Pitchrolle etwas außerhalb des Spielplatzes. Ihre Reaktion nach dem Sieg Indiens war unbezahlbar.

Das Finale fand zwischen Indien und Sri Lanka im Wankhede-Stadion in Mumbai statt. Und ich konnte jetzt sagen, dass es der glücklichste Moment meines Lebens war. Die anfänglichen guten Overs von Zaheer Khan und der entscheidende Durchbruch in der mittleren Ordnung von Yuvraj Singh sorgten dafür, dass Sri Lanka es nicht schaffte, die 300-Lauf-Marke zu überschreiten. Ein augenfälliges Jahrhundert von Mahela Jayawardene sorgte dafür, dass sie 275 in 50 Overs erreichten.

Wenn man bedenkt, dass es das WM-Finale war, schien das Ganze gigantisch. Indien verlor Sehwag im ersten Over und Tendulkar ging zu früh und ließ uns angespannt zurück. Dann beruhigte eine Partnerschaft zwischen Kohli und Gambhir die Dinge, aber dann fiel Kohli. Es wurde erwartet, dass Yuvraj Singh hereinkam, aber stattdessen kam Dhoni herein, als Spinner arbeiteten und er dachte, er sei der beste Mann, um mit der Situation fertig zu werden. Der Funke in den Augen von MS in dieser Nacht war genug, um allen Fans ein Gefühl der Erleichterung zu geben.

Alle glaubten an unseren Kapitän. Er hatte ein gewöhnliches Turnier mit der Fledermaus, aber die Stunde kommt, in der der Mann kommt. Er hat uns gezeigt, dass ihm Druck nichts bedeutet und er ist wie ein Schwamm, der alles aufsaugen kann und den Gegner hoch und trocken lässt. Er schnappte sich den Sieg aus den Händen der Lankaner, die das Spiel fast 60 % der Zeit unter Kontrolle hatten. Gambhir spielte auch ein spielentscheidendes Innings.

Dhonis Brillanz überschattet oft seine Innings, aber er legte den Grundstein für den indischen Sieg, und Dhoni beendete ihn stilvoll mit einer Sechs über lange Zeit.

Die Zeit erstarrte genau in diesem Moment.

Die ganze Nation war auf den Beinen, umarmte Freunde und Fremde und platzte Cracker, als wäre es ein großes Fest. Diwali kam Anfang 2011 an. Ich weinte. Ich weinte vor Freude wie nie zuvor. Ich wollte jemanden umarmen und meine Ekstase, meine Freude teilen! Eine Nation, die immer mit existenziellen Problemen zu kämpfen hatte, fand einen Moment, um ihre Sorgen abzulegen und die Freude und den Ruhm des Sieges zu genießen.

Ich musste mit Chaitu sprechen, also rief ich ihn auf Facebook an und er antwortete mit einem Anruf.

„Unser Traum ist wahr geworden"

Chaitus Stimme knackte vor Emotionen.

"Ja, in der Tat Chaitu! Wir sind Weltmeister! Ich kann es nicht glauben." Ich war so überglücklich, dass ich fast schrie. Wir sprachen fast eine Stunde lang darüber, was es für uns und unsere Generation, die Kinder der 90er Jahre, bedeutete. Indien hat mit dem Gewinn der Cricket-Weltmeisterschaft 2011 Geschichte geschrieben.

2011 sollte jedoch nicht nur wegen dieser Leistung in Erinnerung bleiben.

Das Jahr 2011 war in gewisser Weise der Beginn einer Ära der Aufdeckung von Betrügereien. Alles begann, als der CAG-Bericht herauskam und Verhaftungen im Zusammenhang mit dem 2G-Betrug vorgenommen wurden. Einige Mitglieder der Koalitionsparteien musste sich diesen Verhaftungen stellen. Der DMK-Führer und Parlamentsabgeordnete in Rajya Sabha, Kanimozhi Karunanidhi, jüngste Tochter des fünfmaligen Chief Minister von Tamilnadu, wurde verhaftet, weil er einige Bewerber begünstigt hatte, während die Frequenzlizenzen ausgestellt wurden.

A. Raja, ein viermaliger Abgeordneter von DMK wurde ebenfalls unter demselben Vorwurf verhaftet. DMK bildete den Kern der UPA-Koalition im Süden. Ihr Rivale AIADMK, angeführt von der dynamischen, aber umstrittenen Führerin Jayalalitha, spürte die Gelegenheit schnell und bot an, die UPA-Regierung zu unterstützen, wenn sie bereit wäre, ihren Koalitionspartner DMK zu verdrängen. Aber die UPA unter der Führung von Kongresspräsidentin Sonia Gandhi blieb bei der bestehenden Koalition, was dazu führte, dass die Presse die Legitimität der Koalition in Frage stellte.

Darauf folgte die Aufdeckung eines weiteren Betrugs, der während der Commonwealth Games 2010 stattfand. Ein weiterer Kongressveteranenführer, Suresh Kalmadi, der Vorsitzender des Organisationskomitees der Commonwealth Games war, wurde wegen Diebstahls von rund 70.000 Rupien verhaftet. Die Glaubwürdigkeit der UPA wurde von den Medien in Frage gestellt. Die

Oppositionsparteien hatten nun an Schwung gewonnen und politische Pandits prognostizierten den Niedergang der mächtigen Kongresspartei.

Ein Mann, der immer behauptete, Sozialarbeiter und IRS-Mitarbeiter zu sein, spürte die Gelegenheit, in die aktive Politik einzusteigen. Es ist für jemanden mit sozialem Hintergrund praktisch unmöglich, sich einer aktiven Politik anzuschließen und lange relevant zu bleiben.

Die indische Politik war bis 2011 nur ein Schlachtfeld für ein paar Auserwählte. Wir folgten immer dem dynastischen Modell der alten Reiche. Nur Söhne, Töchter und nahe Verwandte der bestehenden Politiker bekamen leichten Zugang zur Mainstream-Politik. Die Graswurzelparteiarbeiter wurden auf bloße Filler und Mitarbeiter reduziert. Wenn sie Glück hatten, schafften sie es, Parteisprecher zu werden und jemanden zu verprügeln oder bei einer Fernsehdebatte verprügelt zu werden.

Aber die Wahlpolitik war nur der Elite vorbehalten, die keinen AAM AADMI, keinen gemeinen Mann darstellte. Arvind Kejriwal hatte sein ganzes Leben auf diesen Tag gewartet, an dem er die Flagge eines AAM AADMI schwenken und Zugang zur Elitepolitik erhalten würde. Er tat sich mit Anna Hazare zusammen, einer Anti-Kongress-Demonstrantenin, die während der vom Kongress geführten Regierung Betrügereien und Kontroversen aufdeckte. Zusammen mit Anna Hazare startete er eine Bewegung gegen das UPA-Regime und nannte sie India Against Corruption.

Ich hatte Mühe, Mittel für soziale Projekte zu sammeln, die von der Friedensstiftung durchgeführt wurden. Ich wurde von Varun, einem der Gründungsmitglieder, vorgeladen. Anfangs hatte ich Angst. Ich dachte, ich würde meinen Job wegen Nichterfüllung verlieren. Ich klopfte nervös an die Tür.

Varun lud mich ein.

„Die Friedensstiftung wagt sich in etwas Neues und wir brauchen Ressourcen. Von nun an wirst du also in meinem Team sein und mir direkt Bericht erstatten."

"Oh, das ist großartig." Ich war erleichtert. "Was genau wird von mir erwartet?"

„Sie werden Teil unseres Teams, das Veranstaltungen und Kundgebungen organisiert."

"Was ist dann mit der Mobilisierung von Mitteln für diese Veranstaltungen?" Fragte ich mit zusätzlicher Neugier.

"Wir haben diesen Teil herausgefunden." "Wie?"

"IAC."

"IAC??" Ich war in unbekanntem Gebiet gefangen.

„Indien gegen Korruption. Es ist eine Bewegung, die von Anna Hazare und Arvind Kejriwal angeführt wird."

"Ich weiß das, aber wie sind wir daran beteiligt?"

Jetzt war meine Neugierde sowie mein Adrenalin hochgepumpt.

"IAC hat mit ein paar NGOs in Indien zusammengearbeitet, um ihre Spenden zu kanalisieren, um Veranstaltungen und Protestkundgebungen für sie in der Stadt zu organisieren. Wir gehören also zu den Glücklichen. Einer unserer NRI-Investoren war ein Chargenkollege von Herrn Kejriwal am IIT Kharagpur. Er beschafft Investoren für IAC und wir haben einen Job in unseren Händen, um die Mittel zu optimieren und die bestmögliche Veranstaltung zu machen."

„Das ist fantastisch! Eine letzte Frage, wenn ich darf?"
"Ja, sicher.""

"Unterstützen Sie Herrn Kejriwal?"

"Es spielt keine Rolle. Die Politik hier ändert sich. Derjenige, der gut kämpft, wird am Ende siegreich sein. Aber IAC und Herr Kejriwal haben noch einen langen Weg vor sich. Der CM aus Gujarat, Herr Narendra Modi, ist in diesem Rennen meilenweit voraus."

"Wie?"

Varun brachte mich dazu, über die Aspekte der indischen Politik nachzudenken, in die ich mich nie vertieft habe.

„Sind Sie in der Microblogging-App Twitter aktiv? Es wurde vor ein paar Jahren auf den Markt gebracht?"

"Nein."

„Modi hat bereits über 5 Millionen Follower. Und glauben Sie mir, soziale Medien werden eine große Rolle bei der Definition der Ergebnisse der nächsten Wahlen spielen."

"Wirklich?"

"Ja. Merken Sie sich meine Worte. Modi ist der nächste Premierminister von Indien. Merken Sie sich meine Worte."

Ich war überhaupt nicht überzeugt, aber Varun, eines der Gründungsmitglieder unserer NGO, entschied sich, nicht weiter mit ihm zu streiten. Ich brauchte diesen Job. Ich war damit beschäftigt, Protestkundgebungen für die selbsternannten Revolutionäre des modernen Indien zu organisieren.

Die erste Rallye war ein völliger Misserfolg, da wir nicht in der Lage waren, das richtige Summen zu erzeugen. Wir haben unsere Finanzen nicht in Ordnung gebracht. Varun verließ sich zu stark auf Social Media werbeaktionen, da dadurch Werbekosten gespart wurden. Aber Menschen, die zu den politischen Kundgebungen strömten, kamen nicht aus der technisch versierten Schicht. Wahlen in Indien wurden immer noch unter der Prämisse von sadak, bijli aur pani ausgetragen. Selbst nach 60 Jahren Unabhängigkeit hatten wir immer noch mit grundlegenden Problemen zu kämpfen.

BJP hatte dieses Thema für die bevorstehenden Wahlen in Gujarat ins Visier genommen. Modi wurde als zukünftiger Premierminister von Indien projiziert. Er würde in Medienkonklaven gehen und Dr. Manmohan Singh lächerlich machen und seine Ineffizienz hervorheben, da das Schweigen des Premierministers Dr. Manmohan Singh zu den Betrügereien der Sache nicht half. Modi taufte ihn in „Maun-mohan Singh" um.

Modi war schon immer eine ehrgeizige Führungspersönlichkeit gewesen. Seit er zum ersten Mal

Ministerpräsident von Gujarat geworden war, hatte er den Posten des Premierministers im Blick. Kejriwal war ein Neuling, der unter dem Vorwand eines Protests seinen Hut in den Ring steckte.

Die Friedensstiftung organisierte erfolgreich Proteste in Jantar Mantar in Delhi. Unsere Freiwilligen waren ziemlich gut darin, eine Menschenmenge zu versammeln und den Menschen zu dienen. Das Kernteam von IAC war angesichts unserer Budgetbeschränkungen zufrieden mit dem, was wir getan hatten. Jetzt wurde erwartet, dass wir dasselbe in Mumbai wiederholen würden. In Mumbai gibt es nur einen Azad Maidan, auf dem normalerweise Proteste organisiert werden. Ich hatte das Gefühl, dass wir etwas mehr tun mussten, um den einfachen Mann zu erreichen, da die gesamte Bewegung AAM AADMI-zentriert war.

Ich beschloss, mit Varun darüber zu sprechen.

"Varun, wir müssen mehr tun als nur einen Azad-Maidan-Protest."

"Was schlägst du vor?"

"Wir sollten an einigen wichtigen Bahnhöfen Stände aufstellen."

"Stände? Hum bech thodi na rahe hain kuch." Varun war sich dessen nicht sicher.

„Bech hi to rahe hain. Wir verkaufen Indien den Traum von korruptionsfreier Politik." Sagte ich mit Überzeugung.

"Okay. Holen wir uns die erforderlichen Berechtigungen."

Wir haben die Berechtigungen für die Einrichtung von Kiosken an einigen Bahnhöfen erhalten. Aber wir wollten auf stark frequentierte Stationen wie CST, Mumbai Central, Bandra, Kurla Terminus, Thane, Dadar abzielen. Aus Sicherheitsgründen wurde uns jedoch die Erlaubnis verweigert und wir haben zugestimmt.

Wir haben Genehmigungen für alle Stationen in Navi Mumbai und einigen westlichen und zentralen Vororten erhalten. Wir haben Stände mit Broschüren eingerichtet, die die Bedeutung der India Against Corruption-Bewegung erklären. Wir hatten 2 Freiwillige pro Stand. Einer würde das Banner zeigen und die Broschüren verteilen und der andere würde Slogans gegen das aktuelle UPA-Regime auf einem Megaphon geben.

Einige unserer Freiwilligen schrien zu laut auf das Megaphon und überquerten dabei die zulässigen Dezibel-Schallpegel und wurden gebeten, die Stände zu räumen. Aber insgesamt funktionierte der Umzug, da wir uns direkt mit der aam junta verbinden konnten, deren Stimmen wichtig waren. Solche Leute würden niemals bei den Azad-Maidan-Protesten auftauchen. Also versuchten wir, die Proteste auf ihrem täglichen Weg der Umwandlung zu ihnen zu bringen.

Ich wurde von Varun für diesen Schritt geschätzt. Sie haben mein Gehalt nicht erhöht, aber zumindest habe ich die Zusicherung bekommen, dass ich diesen Job für eine längere Zeit behalten werde.

Meine Mutter war von meinem Job nicht überzeugt. Sie betrachtete dies überhaupt nicht als Arbeit. Ihre Definition eines Jobs begann und endete mit einem Job im öffentlichen Sektor oder in der Regierung. Schlimmstenfalls wäre sie mit einem IT-Job einverstanden. Aber Eventmanagement und das auch für ein pseudo-politisches Outfit war für sie unergründlich.

Es war nicht alles ihre Schuld, aber ihre Reaktion auf die aktuelle Situation würde meine Moral senken. Ich war ein gebildeter Jugendlicher, der immer sein Bestes gab, aber ein wenig zu kurz kam. Ich hatte meine Kämpfe, die von meinen Eltern nie erkannt wurden. Ich versuchte, meinem Leben einen Sinn zu geben, stieß aber immer auf Widerstand von zu Hause. Meine Großeltern waren nicht mehr und ich hatte keine Geschwister. Ich hatte keinerlei Beziehung zu meinen Cousins. Meine Freunde hatten sich alle an verschiedene Orte verstreut. Ich saß allein fest, mit niemandem um mich herum, um meine Angst zu teilen. Ich traf den einsamsten Fleck in meinem Leben.

„Warum nehmen Sie nicht an Wettbewerbsprüfungen teil? Es besteht die Möglichkeit, dass Sie einen Job in Unternehmen des öffentlichen Sektors oder sogar Banken bekommen. Diese Arbeitsplätze sind sicher und sie zahlen gut. Außerdem gibt es nicht viel Druck. Warum versuchst du es nicht?" Meine Mutter flehte mich an.

"Mama. Ich habe nichts mit "Sarkari Naukri" zu tun. Ich habe das Gefühl, dass man sich verliert, sobald man drin ist, und es gibt keinen Ausweg."

Ich versuchte, mit ihr zu argumentieren, da ich die Sinnlosigkeit dieser Diskussion kannte.

"Was willst du dann mit deinem Leben machen? Wie lange wirst du arbeitslos bleiben?"

"Mama, ich habe einen Job." "Was ist das für ein Job? Sie bezahlen dich nicht einmal regelmäßig."

"Es geht nicht um die Lohnmutter. Ich wollte diese Domäne erkunden. Ich kann genau herausfinden, was ich von meinem Beruf will, wenn ich die Chance bekomme, länger zu bleiben."

"Wie lange wirst du bleiben und es herausfinden? Es dauert ewig. Schauen Sie sich die Kinder aus Ihrer Charge an. Sie sind erwachsen geworden und haben Verantwortung für ihre Familien übernommen. Du wirst noch erwachsen, weil du alles einfach bekommst. Du hast einen Job gekündigt, den du hattest, um dieser Nonsens-NGO beizutreten, und bist dir dennoch nicht sicher, wonach du suchst? Schau dir deine Freunde an. Niranjan hat einen anständigen Job und sieh dir Mahi an, sie ist so reif. Wie kommt es, dass du nichts von ihnen gelernt hast?"

"Mama, das sind verschiedene Individuen. Es gibt viel von ihnen zu lernen, aber ich kann nicht wie sie sein. Sie haben unterschiedliche Ziele und Bestrebungen.

Ich will verschiedene Dinge vom Leben."

"Warum denkst du, dass du so besonders bist? Was ist so einzigartig an dir? Was denkst du, sind diese Kinder, die einen Job annehmen und Verantwortung teilen, weniger fähig als du?"

"Es ist nicht wie diese Mutter."

„Mein Gesundheitszustand verschlechtert sich, weil ich mir Sorgen um dich und deine Zukunft mache. Und es ist dir egal. Wir erwarten nicht, dass du für uns verantwortlich bist, sondern zumindest für dich selbst." Mama schlief verärgert ein.

Ich hatte keine Hoffnung mehr von meiner Familie.

Meine Mutter konnte mich nicht bekommen und mein Vater war nicht synchron mit dem, was in meinem Leben vor sich ging.

Kapitel 21

Arvind Kejriwal war ein schneidiger und ehrgeiziger Politiker.

Er verfügte über ein gutes Netzwerk im Ausland. Der Kongress stützte sich auf die Finanzierung durch indische Unternehmen und lokale Geschäftsleute. Nun, dieses Modell änderte sich. Crowdfunding war die neue Normalität.

Kejriwal führte mit seinem Image des ehrlichsten Politikers Indiens eine Kampagne gegen das korrupte UPA-Regime an. Die Bühne war für ihn und die 70-jährige Anna Hazare in Jantar Mantar bereitet. Anna Hazare, die sich mit den gandhischen Werten verband, gab diesen Protesten Schwung. Anna symbolisierte einen modernen Gandhi.

Anna Hazare war dafür bekannt, in Hungerstreiks zu gehen und die Unterdrücker in die Knie zu zwingen. Die meisten seiner Hungerstreiks wurden organisiert, als der Kongress im Staat oder im Zentrum an der Macht war. Dieses Mal forderten Kejriwal und Anna Hazare die Umsetzung von Jan Lokpal Bill im Parlament.

Jan Lokpal ist ein Bürgerbeauftragter, der darauf abzielt, Korruption zu verhindern, Beschwerden der Bürger auszugleichen und Whistleblower zu schützen. Jan Lokpal wäre ein unabhängiges Gremium ohne politische Neigung. Die Menschen empfanden IAC als unpolitische Bewegung. Allerdings wussten Leute wie wir, die Teil des Event-Organisationsteams waren, wie dieser Versuch war, Indien glauben zu machen, dass eine Alternative zu UPA in der indischen Politik debütiert hatte.

Arvind Kejriwal hatte es geschafft, Intellektuelle auf seine Seite zu ziehen. Prashant Bhushan und Yogendra Yadav waren seine Stärke. Prashant Bhushan, ein überzeugter Linker, war schockiert, als er Kejriwal unterstützte. Viele glaubten, dass Kejriwal ihn benutzte, um etwas Glaubwürdigkeit zu erlangen, und wenn das Ziel erreicht war, würde er hinausgeworfen werden.

Die Friedensstiftung hatte ihren Sitz in Mumbai und die eigentliche Aktion fand in Delhi statt. Also organisierten wir eine Reise für Freiwillige von IAC nach Delhi, um an den Protesten teilzunehmen. Sie erhielten die typischen Gandhi-Kappen mit dem Aufdruck "Mein bhi Anna". Wir verwandelten den Protest in ein Abenteuerspiel. Jugendliche in meinem Alter glaubten wahnhaft, dass sie tatsächlich gegen das uralte korrupte System rebellierten.

Ich war Teil des Organisationskomitees und reiste mit diesem Haufen ignoranter Gören. Ich war einer von ihnen. Ehrlich gesagt, es ging mir schlechter. Ich kannte das Spiel, das gespielt wurde. Trotzdem bin ich auf den Zug aufgesprungen, weil ich nicht zum Verkauf zurückkehren wollte. Auch ich trug die Gandhi-Mütze.

Es war eine IAC-Kampagne, also haben wir uns für einen Schläfer entschieden klasse im Zug. Es war kalt und wir waren eiskalt. Wir hatten Wollkleidung gekauft, aber nicht erwartet, dass die Kälte so hart sein würde, bevor wir Delhi erreichten. Es erinnerte mich an meine College-Reise nach Dehradun. Es war eiskalt und

Sharvari saß in meiner Nähe. Die Wärme ihrer Berührung war etwas, das mir immer noch am Herzen liegt.

Während ich mein Bestes versuchte, im Zug am Leben zu bleiben, drängte mich die luftige Erinnerung in Trance. Ich ging auf eine erinnerungsreiche Reise nach Dehradun, wo ich den Reiseplan sabotierte und die Gruppenbildung änderte, so dass Sharvari und ich in der gleichen Gruppe sein konnten. Und schließlich saß ich neben ihr. Wir hielten uns gegenseitig die Hände, um uns warm zu halten. Ein paar Augenblicke zuvor war ich wegen der Kälte so sauer, aber jetzt war ich dankbar für die luftige, kühle Nacht. Ich erinnere mich nicht an unser gesamtes Gespräch, aber Sharvari sagte etwas über ihre Familie und ich hörte zu und reagierte, wenn und wann.

Langsam schlief sie in meinen Armen ein, mit ihrem Kopf auf meinen Schultern. Ich hielt sie fest. Ich steckte uns in eine dicke Decke. Unsere Plätze waren weit weg von unserer Gruppe und wir hatten Privatsphäre. Während sie friedlich schlief, schaute ich ihr ins Gesicht. Es war die personifizierte Unschuld. Es ist der liebenswerteste, unvergesslichste und wertvollste Moment meines Lebens.

Ich hatte meine Welt in meiner Umarmung. Was könnte ich mir sonst noch wünschen? Ich wünschte, ich könnte diesen Moment für immer einfrieren. Ich könnte Sharvari ein Leben lang halten. Ich küsste ihre Stirn und merkte es nicht, als ich einschlief.

Als ich wieder zur Besinnung kam, wurde mir klar, dass so viel Wasser unter die Brücke geflossen war.

Zeitalter waren vergangen und Sharvari war immer noch in meinem Kopf eingefroren. Sie hatte sich nicht die Mühe gemacht, nach mir zu sehen. Vielleicht war sie so glücklich mit ihrem Eheleben, dass sie keinen Platz für mich hatte. Vielleicht gehörte ich der Vergangenheit an und sie hatte nie Emotionen für mich. Vielleicht war ich zu sehr davon überzeugt, dass es eine Seelenverbindung war.

Es war nicht ihre Schuld. Sie wollte mir nicht wehtun. Aber hier war ich, nach so vielen Jahren, immer noch so verletzt wie damals. Ich überprüfte sie auf Messenger. Ich konnte nicht anders. Ich piepste sie an.

"Hallo, Sharvari."

„Hallo Yash, wie geht es dir?", war die sofortige Antwort. Ich war überglücklich.

"Ich bin gut. Ich meine... nicht so gut. Ich vermisse dich yaar."

"Ich vermisse dich auch, Yash. Es tut mir so leid. Ich habe dir einfach keine SMS geschrieben oder dich angerufen. Ich fühle mich so schuldig, dich verletzt zu haben."

"Hey, es muss dir nicht leid tun. Es war meine Schuld. Ich hätte nicht anders denken sollen. Ich kann nicht sagen, wie glücklich ich gerade bin, nur irgendwie mit dir zu reden."

"Ich auch! Bin so glücklich. Ich hätte nie gedacht, dass du jemals wieder mit mir reden würdest."

Wir plauderten, bis unsere Batterien leer waren. Ich war so glücklich nach so langer Zeit! Endlich drehte sich meine Welt um mich.

Ich spürte die Brise, die Kälte und doch war da die Wärme. Die Jahre der Sehnsucht rollten mir wie Tränen über die Wangen. Es gab noch Hoffnung in dieser Welt und es gab noch Hoffnung für mich, wieder zu leben.

Wir hatten über 10 Kartons mit Decken und Tüchern für die Menschen verpackt, die sich zum Protest auf dem Jantar Mantar Maidan in Delhi versammeln wollten, von denen wir die meisten mobilisiert hatten. Einige Leute, die kaum Kleidung hatten, waren aus den Dörfern UP, Bihar, Uttarakhand, Jharkhand, Westbengalen und den nordöstlichen Staaten gekommen.

Protest, der als wesentlicher Bestandteil der Demokratie galt, wurde zu einer Startrampe für Möchtegern-Politiker, Aktivisten, Medienpersonal, kämpfende Schauspieler, Shayars, Dichter, Musiker, College-Bands, Ex-Soldaten und Ex-Bürokraten.

Für eine kleine Event-Management-Firma wie unsere war es ein gutes Geschäft. Die meisten Mitglieder des Organisationskomitees drifteten langsam auf Modi zu, aber sie prägten Geld im Namen dieser Revolution. Die Proteste hatten bereits vor 10 Tagen begonnen. Wir waren die dritte Gruppe von Veranstaltern, die sich den Protesten mit Vorräten anschlossen. Diese Vorräte umfassten alles von Lebensmitteln, Wasser, Kleidung, Wintergarde, Medikamenten, Sitzmatten und vor allem Arbeitskräften. Wie sie immer sagen bheed jamaani hain, par yaha toh bheed jam rahi thi. (Normalerweise sollte die Menge beschafft werden, aber hier war die Menge bereits beschafft)

Es brauchte nicht viel, um die Jugend davon zu überzeugen, sich dem protest, da die Nation von Betrug nach Betrug getrübt wurde. Die Anti-Incumbency-Welle gegen die vom Kongress geführte UPA war sehr hoch, und um die Verletzung noch zu beleidigen, trieben die sozialen Medien die Jugend in die Irre. Die Musiker und DJs, die im Jantar Mantar anwesend waren, komponierten täglich neue Songs auf Anna Hazare und Arvind Kejriwal. Ihre Popularität stieg sprunghaft an. Ihre Twitter- und Instagram-Follower wölbten sich sofort.

Ich schloss mich dem Protest an, da ich mit der vom Kongress geführten UPA-Regierung unzufrieden war. Ich war ein glühender Anhänger von Dr. Manmohan Singh gewesen. Aber etwas fehlte in der zweiten Amtszeit von UPA. UPA-2, wie sie im Volksmund genannt wurden, wurde zu einer Amtszeit voller Betrügereien und Betrügereien. Es hätte argumentiert werden können, dass die Minister, die an dem 2G-Spektrum-Betrug und dem Coalgate-Betrug beteiligt waren, nicht von der Kongresspartei stammten, sondern im Bündnis mit dem Kongress standen. Daher lag es in der moralischen Verantwortung des Kongresses, die Dinge in Ordnung zu bringen, was sie nie taten.

Nach ein paar Tagen stellte ich fest, dass sich der Protest mit typischer Propaganda und Bosheitsroutine wiederholte. Es schien eher eine Agenda für einen bösartigen Angriff auf die Kongresspartei zu sein als ein Angriff auf das Kernproblem der Korruption.

Ich habe eines der PR-Mitglieder einer NGO gehört, die von der Frau eines pensionierten Armeeangehörigen geleitet wird. "Hey, hast du den Inhalt gefunden, den ich von Mr.Vir Singh geschickt habe? Es soll Herrn Amit Shah erreichen. Sir Sir hat Sonia Gandhi und Rahul Gandhi in seiner feurigen Rede geschlagen, was Amit Shah sehr glücklich machen wird. Wir wollen die Einführung von Vir Sir in die BJP beschleunigen, und nur Amit Shah kann dies tun.

Ich werde Vir Sirs Inhalt täglich teilen. Bitte stellen Sie sicher, dass es einen Weg findet, Herrn Shah zu erreichen."

Ich war angewidert, das zu hören. Dieser Protest war gegen Korruption. Es gab bereits genug Menschen mit politischen Ambitionen in der IAC-Bewegung, die sich nun zu AAP entwickelt hatte. Aber jetzt gab es Möchtegern-BJP-Kandidaten bei den Protesten. Ich habe mich gefragt, ist AAP nicht das Team-B von BJP? Was AAP letztendlich tat, war, so viele Stimmen wie möglich aus dem Kongress zu eliminieren. Niemand kümmerte sich um Korruption und bürokratische Ineffizienz. Jeder wollte ein Stück vom Kuchen.

Kejriwal würde seine eigene politische Partei gründen. BJP, indem sie ihn verstärkte, sorgte dafür, dass die Anti-BJP-Stimmenbank sich für AAP anstelle des Kongresses entscheiden würde. Dies stellte sich als nichts anderes als ein politischer Zirkus heraus.

Arvind Kejriwal begann sein Fasten bis zum Tod. Seine Forderung war die Umsetzung des Gesetzes von Jan Lokpal durch den Kongress und die offizielle Ankündigung bei Jantar Mantar. Keiner vom Kongress tauchte in Jantar Mantar auf und Kejriwal musste sein Fasten brechen. Dies war die Zeit, in der AAP offiziell als politisches Outfit herauskam. AAP würde Wahlen durch Crowdfunding anfechten und der AAM-Junta alles kostenlos geben.

Obwohl ich wusste, dass all dies letztendlich der BJP helfen würde, an die Macht zu kommen, war ich immer noch fasziniert von der Tatsache, dass Arvind Kejriwal, ein IITianer, der im öffentlichen Dienst arbeitete, seinen Job und sein Sicherheitsnetz aufgab, um in die trübe Welt der Politik einzutauchen. Er könnte behaupten, dass er gekommen istzögern, Korruption und Scheiße zu stürzen, aber das stimmt überhaupt nicht. Ich fand ihn jedoch bewundernswert. Ein gewöhnlicher Mann war offiziell in die Politik eingetreten. Dies war kein kleiner Sieg für die indische Demokratie und ein Schlag ins Gesicht der nepotistischen indischen Politik.

Arvind Kejriwal schaffte es, Sheila Dixit, die amtierende Ministerpräsidentin von Delhi, in den Umfragen der Versammlung zu besiegen. AAP gewann 27 Sitze und blieb damit um einige Sitze hinter der Mehrheit zurück. Der Kongress, der von der AAP als korrupteste politische Organisation in Indien gezüchtigt wurde, hatte 8 Sitze gewonnen und angeboten, die AAP bei der Bildung der Regierung in der Versammlung von Delhi zu unterstützen. Arvind Kejriwal brauchte die Kraft, um seine administrativen Fähigkeiten zur Schau zu stellen. Aber er war auch ein Angeber. Er brauchte dringend den Vorsitz der CM, konnte ihn aber nicht direkt vom Kongress akzeptieren, da er sie bei jeder einzelnen politischen Kundgebung verprügelte.

Um der aam junta zu zeigen, dass er das Angebot des Kongresses nicht direkt annahm, startete er eine Meinungsumfrage unter den Wahlkreisen in Delhi, und basierend auf dem Ergebnis der Umfrage nahm er den Posten des CM an. Auch die Meinung wurde manipuliert. Einige Event-Management-Unternehmen wie unseres schafften es. Die einzige Authentizität, die Kejriwal hatte, war seine akademische Laufbahn. Er war ein bürgerlicher Mann, der sich aus seinem gewöhnlichen Leben erhob, indem er die bestmögliche Ausbildung und den besten Job in der Verwaltung erhielt. Und jetzt war er der Chief Minister von Delhi.

Als die Assembly Sessions begannen, verbrachte Kejriwal die meiste Zeit damit, den Kongress und seine Politik zu kritisieren. Er versuchte, Jan Lokpal in Delhi vorzustellen, aber das Gesetz konnte nicht verabschiedet werden, da es von BJP abgelehnt wurde, dasowie der Kongress in der Versammlung. Kejriwal zog einen weiteren Stunt der Resignation. Er trat zurück und sagte, dass sein Ziel, ein CM zu sein, besiegt wurde, da er das Lokpal-Gesetz nicht verabschieden konnte.

Er begann, den Wählern in Delhi Werbegeschenke zu geben. Kostenloses Wasser, kostenloser Strom und eine Reduzierung der Schulgebühren, um die Wähler aus der Mittelschicht bei Laune zu halten. Er war sich sicher, dass, wenn wieder Wahlen durchgeführt würden, AAP wieder an der Macht sein würde und er wieder der Chief Minister werden würde.

Sobald Kejriwal als Chief Minister von Delhi vereidigt wurde, machte er prompt einen Schritt in Richtung einer diktatorischen Form der Parteipolitik. Er eliminierte

Prashant Bhushan und Yogendra Yadav, die seine Vertrauten während der "Indian Against Corruption" - Bewegung waren. Er verdrängte fast Kumar Vishwas, seinen engen Helfer, der aufgrund egozentrischer Politik weggedriftet war.

Prashant Bhushan wurde aus der Szene geworfen, als er gekommen war, um Kejriwal zu besuchen und Differenzen auszuräumen. Dasselbe war bei Yogendra Yadav der Fall. Bhushan, ein angesehener Anwalt, hat viele Fragen im Zusammenhang mit den Menschenrechten aufgegriffen. Wir brauchen solche Leute in der indischen Politik, aber das einzige Problem mit diesen Leuten ist, dass sie zuerst Sozialisten und später Politiker sind.

Die indische Politik verlangt engagierte und hauptamtliche Politiker, die Wege finden können, um an der Macht zu bleiben…auch wenn es bedeutet, die eigene Stimmenbank zu spalten.

Kapitel 22

Die Friedensstiftung engagierte sich nun in vielen weiteren politischen Projekten.

Wir haben bereits einige Roadshows, Rallyes und Online-Kampagnen für AAP durchgeführt. Wir wurden von der BJP gebeten, dasselbe für sie zu tun. Ein großes Medienhaus führte bereits eine Vollzeitkampagne für BJP durch, aber einige lokale Politiker in Mumbai, die zuvor beim Kongress waren, wollten, dass wir Werbeaktivitäten für sie durchführen. BJP hatte nie einen Mangel an Mitteln. Selbst wenn sie nicht an der Macht sind, verwalten sie genügend Spenden von NRI-Geschäftsleuten auf der ganzen Welt.

Die kapitalistisch gesinnten Inder wünschten sich immer, dass die BJP an der Macht sein sollte, besonders in den 90er Jahren. Bis zu Rajeev Gandhis Zeit unterstützten sie den Kongress und erhielten reiche Dividenden. Aber die Dinge änderten sich. Es gab zu viele sozialistische Stimmen innerhalb des Kongresses, mit denen selbst die oberste Führung im Kongress nicht allzu zufrieden war. Die BJP hatte Geld von überall her. Selbst als sie 3 Abgeordnete im Parlament hatten, hatten sie Mittel.

Und seit den 90er Jahren hatte die Hindutva-Welle die Oberhand gewonnen und die Massen waren ihr zugeneigt.

Religion und Politik bilden eine tödliche Kombination und BJP kannte den Puls Indiens. Das haben sie bei den

Wahlen in Lok Sabha 2014 getan. Narendra Modi war ihr Kandidat für das Amt des Premierministers und jedes Werbeplakat musste ihn in der Mitte haben, als würde er aus jedem Wahlkreis in Indien antreten. Wir erhielten die Arbeit von digitalen Boards und mobilen Kampagnen.

In den letzten 2 Jahren haben wir der BJP geholfen, auf die eine oder andere Weise populär zu werden. Wir haben uns mit dem Mann zusammengetan, der kommunale Unruhen zugelassen hatte, und ihm geholfen, die Mütze des Premierministers aufzusetzen. Der Mann tarnte sich als Ikone der Entwicklung. Er projizierte das Gujarat-Modell als etwas, das das Land dringend brauchte, und er war der einzige Retter für Indien.

Ich konnte die naiven Leute aus meiner vorherigen Generation verstehen, die auf diesen Unsinn hereinfallen. Ich konnte nicht verdauen, dass die meisten seiner Unterstützer Menschen in ihren 20ern waren; die Kinder der 90er Jahre. Wir hatten genug politische Unruhen in unserem Leben erlebt, um einen Politiker wie Modi völlig abzulehnen; stattdessen machten wir ihn zu unserem Gott.

Ich hatte fast 3 Jahre damit verbracht, politische Veranstaltungen für die Friedensstiftung durchzuführen. Ich hatte einen massiven ideologischen Kompromiss geschlossen, indem ich mit ihnen herumhing. Jetzt überstieg es meine Toleranzgrenzen. Die einzige rettende Gnade war, dass ich gute Freunde hatte - Mahi, Niranjan und natürlich Sharvari, mit denen ich virtuell verbunden war.

Mahi bestand immer darauf, dass ich einen Mainstream-Job mit tragfähigen Karrieremöglichkeiten annehmen sollte. Sie hatte mit ihren Senioren über eine Rolle in der Marketingabteilung ihrer Bank gesprochen. Aber ich hatte andere Pläne. Niranjan war von seinem Projekt vor Ort zurück und daher beschlossen wir beide, uns zu treffen. Das heiße Gesprächsthema war mein Beruf und meine Karriere.

„Wie können diese Jungs Modi unterstützen? Die gesamte Cam- paign dreht sich um ihn, als hätte er einen Zauberstab, der Indiens bestehende Probleme lösen kann." Sagte ich frustriert.

"Welche Option haben wir dann? Die vom Kongress geführte UPA ruinierte die Nation und alle unsere Aussichten. So viele Betrügereien sind während ihrer Zeit passiert und niemand wurde ins Gefängnis gesteckt. Modi ist ein nicht korrupter Politiker. Er lebt ein einfaches Leben. Er wird dafür sorgen, dass die Korruption an ihren Wurzeln ausgerottet wird und all diese Betrüger im Gefängnis verrotten. Wir brauchen einen Anführer wie ihn. Schauen Sie sich an, was er in Gujarat erreicht hat. Der Industriesektor macht sich dort so gut. Die Infrastruktur entwickelt sich sprunghaft. Was passiert in anderen Staaten?" Schimpfte Niranjan.

"Wie kannst du das sagen, Niranjan? Waren Sie persönlich in Gujarat, um sich die Entwicklung anzusehen? Hast du mit den Menschen in Gujarat gesprochen? Und wer sagt, dass es anderen Staaten nicht gut geht? Maharashtra hat immer noch das beste Umfeld für florierende Industrien."

Ich versuchte zu argumentieren.

"Du kannst es selbst sehen. Der nationale Konsens ist mit Modi. Die Menschen in Gujarat sprechen nur gut über ihn. Und wenn nicht Modi, wer dann? Rahul Gandhi? Arvind Kejriwal? Rahul Gandhi hat keine Verwaltungserfahrung. Er ist Teilzeitpolitiker. Kejriwal ist ein Freebie-Politiker. An dem Tag, an dem er aufhört, kostenlos Wasser und Strom zu geben, werden die Leute ihn verleugnen."

Niranjan war unnachgiebig in seiner Unterstützung von Modi.

„Indien ist eine Demokratie. Alternativen finden sich in einer Demokratie. Modi hat nur Gujarat regiert. Er ist dem Zentrum nicht ausgesetzt. Wie wird er damit umgehen? Angesichts der Lage unserer Wirtschaft brauchen wir jemanden, der gebildet und scharfsinnig ist, um die Situation anzugehen."

Ich habe mein Bestes gegeben.

„Dr. Manmohan Singh ist Ökonom. Warum hat er die Wirtschaft nicht gerettet? Warum befand sich das Land in einer Rezession? Unsere gesamte Generation musste den Karriereweg wechseln, weil die Arbeitsmärkte seitdem rückläufig waren. Sehen Sie sich Ihre Situation an. Sie haben einen Job im Vertrieb. MBAs früherer Chargen bekamen bessere Jobs und Pakete als wir. Sie bekamen bessere Möglichkeiten. Wem ist das vorzuwerfen? Wir müssen akzeptieren, was auch immer auf uns zukommt. Wir haben kaum Optionen. Mit Modi im Zentrum werden sich zumindest die Unternehmen durchsetzen. In den kommenden Jahren werden weitere Arbeitsplätze geschaffen."

Niranjan hatte seinen persönlichen Stil, Dinge zu beurteilen.

„Niranjan, wir hätten unsere Berufswahl auf der Grundlage der Weltwirtschaft und makroökonomischer Faktoren, die den Arbeitsmarkt beeinflussen, treffen sollen. Das haben wir nicht getan. Wir fuhren mit der Herdenmentalität fort, ein typisches Merkmal der indischen Mittelschicht. Wir wollen nur einen Job und ein Gehalt und wir können uns nicht mit etwas zufrieden geben, das weniger bezahlt.

Wir sind nur so gut wie unser Gehalt. Die Wirtschaftskrise hätte uns bei unseren Entscheidungen sorgfältiger machen sollen. Wir hätten die Dinge anders machen können. Ich habe immer noch nicht den Mut, das zu tun. Schon seit meiner Kindheit wurde ich mit anderen verglichen. Jetzt konzentriere ich mich natürlich darauf, was andere vorhaben, und plane mein Leben entsprechend.

Wir dürfen nicht scheitern. Das können wir uns nicht leisten. Das ist es, was uns davon abhält, neue Dinge auszuprobieren. Wir können dem Kongress nicht die Schuld für unsere Misserfolge geben. Modi projiziert, dass der Kongress seit der Unabhängigkeit nichts für uns getan hat."

Ich fing an, es zu verlieren.

"Hör zu, Bruder, du bist am Arsch. Befreien Sie sich ein für alle Mal von Ihrem Idealismus. Es wird dir nichts Gutes bringen. Unsere Nation wurde bereits gefickt und du hast dich selbst gefickt, indem du dumme Karriereentscheidungen getroffen hast. Und trotz alledem verteidigen Sie den Kongress. Du solltest dir Sorgen um deinen Job machen, Alter. Wenn Modi kommt, wird der Aktienmarkt steigen und mehr Chancen werden generiert. Sie werden der Hauptnutznießer sein. Vergiss diesen ideologischen Scheiß. Wenn Sie sich jetzt nicht darüber erheben können, toh tu bahut bada chutiya hain. (Du bist ein zwanghafter Idiot)"entfesselte Niranjan seinen Modi-Bhakt-Avatar.

"Was zum Teufel hast du gesagt? Bhosdike mein chutiya hoon toh tu kon hain? Tune kya ukhada hai life mein?"

(Mutter Fucker, wenn ich ein Narr bin, was zum Teufel hast du dann in deinem Leben erreicht?)"

Ich stürzte auf Niranjan zu, nur um von Mahi angehalten zu werden.

"Seid ihr in euren Sinnen? Was ist los mit dir? Sind wir hier, um über Politik zu diskutieren? Beruhigen wir uns und denke über die Möglichkeiten nach, die Yash hat. Yash, bitte hör auf, der Welt die Schuld zu geben. Wenn Sie einen Job wollen, der Sie gut bezahlt, dann müssen Sie tun, was auch immer erwartet wird. Gewöhnen Sie sich daran. Das ist das Leben für die Kinder der 90er Jahre."

Mahi intervenierte, um uns zu beruhigen, aber an diesem Tag brach etwas zwischen mir und Niranjan zusammen.

Nach ein paar weiteren Runden hitziger Diskussionen wurde beschlossen, dass ich eine Marketingkarriere in

Mahis Bank starten sollte. Nachdem sie 5 Jahre in dieser Bank verbracht und sich den Arsch abgearbeitet hatte, hatte Mahi genug Netzwerke aufgebaut, um ein Vorstellungsgespräch für mich zu vereinbaren.

Ich kehrte nach Hause zurück. Ich kehrte zurück, nachdem ich meine Leidenschaft aufgegeben hatte. Ich wollte schon immer mit einer NGO im sozialen Bereich zusammenarbeiten. Stattdessen habe ich Erfahrungen mit einer Event-Management-Firma gesammelt, die für Politiker gearbeitet hat.

Auf ideologischer Ebene hatte ich das Gefühl, 3 wertvolle Jahre meines Lebens verschwendet zu haben. Jetzt musste ich wieder in ein normales Leben zurückkehren. Obwohl ich Differenzen mit Niranjan hatte, stand er hinter mir. Mahi war meine Säule der Stärke. Sie sorgte immer dafür, dass ich auch nach einem massiven Sturz auf den Beinen war und lief. Ich wollte meiner Mutter sagen, dass ich endlich Mainstream werde. Ich hatte meine Lektionen gelernt.

"Hey Mama, hast du eine Minute?" "Ja. Was jetzt?"

"Ich habe ein Interview in der Bank geplant, in der Mahi arbeitet. Es ist eine anständige Marketingposition. Basierend auf meinem Profil verschaffen sie mir einen seitlichen Einstellungsvorteil. Wenn ich also das Vorstellungsgespräch abbreche, könnte ich sehr gut mit dem Job fortfahren."

„Ist deine Entdeckung gültig? All der Unsinn, den Sie in den letzten 3 Jahren im Namen der Leidenschaft gemacht haben, zählt das überhaupt?"

"Es war eine Event-Management-Rolle, Mama. Es erfordert Fähigkeiten wie Kampagnenmanagement, strategisches Management, Entscheidungsfindung und Kostenmanagement. Es war also nicht umsonst."

"Okay. Also, wie viel wirst du bezahlt, wenn du den Job bekommst?"

"Anfangs werde ich ein Einstiegsgehalt erhalten, aber nach 6 Monaten oder einem Jahr wird mein Gehalt den Industriestandards entsprechen."

„Mit 28 treten Sie also als Frischling in die Branche ein? Die Studenten beginnen unmittelbar nach dem College als Erstsemester. Ich hatte dich bereits gewarnt, einen konventionellen Job anzunehmen und so lange wie möglich zu bleiben. Du hast mir nicht zugehört und jetzt, nachdem du 3 Jahre deines Lebens verschwendet hast, versuchst du, wieder frischer in den Mainstream zu kommen. Du bist vielleicht gebildeter als ich, aber nur Gott kann deine Logik oder vielmehr den Mangel daran verzeihen."

"Mama, sag nicht, dass ich 3 Jahre meines Lebens verschwendet habe. Ich habe etwas gelernt und es wird sich irgendwann als fruchtbar erweisen

zeit in meinem Leben. Ich bin meiner Leidenschaft gefolgt. Ja, ich bin gescheitert. Was soll ich tun? Soll ich mich schämen?"

"Wir haben das Gefühl, uns vor Scham zu erhängen. Kinder meiner Kollegen haben sich entweder im Ausland niedergelassen oder bekleiden hohe Positionen in multinationalen Unternehmen. Und sieh dich an! Frischer durchstarten mit 28! Menschen in Ihrem Alter unterstützen ihre Familien finanziell. Das erwarten wir nicht. Das Mindeste, was du tun kannst, ist, auf dich selbst aufzupassen. Wir haben unser Bestes getan, um Ihnen die bestmögliche Ausbildung zu ermöglichen. Wir haben alles gegeben, was wir uns leisten konnten. Wir haben unser Bestes gegeben. Wir sind ideale Eltern. Hast du jemals versucht, ein idealer Sohn zu werden?"

„Ich bin kein idealer Sohn. Du hast mir alles gegeben, was du mir geben wolltest. Ich hatte nichts von alledem verlangt. Du hast mich erzogen, aber du hast mir nicht erlaubt, meinen Horizont zu erkunden. Vielmehr hatte ich 2 Möglichkeiten, Technik und Medizin. Ich verstehe, dass wir eine bürgerliche Familie sind und ich mir meinen Lebensunterhalt verdienen muss. Aber ich habe es versucht, Mama. Ich versuchte, von etwas zu leben, das mir gefiel. Ja, ich bin gescheitert."

"Du konntest es dir leisten, nur wegen der Sicherheit, die wir dir geboten haben, zu scheitern. Jeder hat nicht so viel Glück,Yash. Du musst dankbar sein."

"Okay, Mama. Ich trage ein T-Shirt mit der Aufschrift „Danke Mama und Papa". Ich fange an zu fühlen, dass egal was ich in meinem Leben tue, du mich niemals so akzeptieren wirst, wie ich bin oder was ich geworden bin. Ich werde mich dir nicht mehr aufdrängen. Ich schätze, das ist alles, was ich jetzt tun kann."

Ich war damit fertig, mich zu erklären.

Kapitel 23

Sharvari war eine Oase in der Wüste meines Lebens.

Dank Google Chat und WhatsApp konnten wir in Kontakt bleiben. Seit wir uns wieder verbunden hatten, verging kein einziger Tag ohne Interaktion.

Sharvaris Ehe und Beziehung hatten auf Stagnation gestoßen. Sie heiratete Shushrut und ließ sich in den USA nieder. Dort entschied sie sich für ein Studium und bekam eine Anstellung. Aber ein Teil von ihr blieb immer noch in Indien zurück. Sie passte nicht zur typisch amerikanischen individualistischen Kultur. Irgendetwas stimmte nicht. Sie war dort gewesen und es war alles nach ihrer Wahl, doch einige Teile des Puzzles fehlten. Sie merkte es jedoch bis jetzt nicht.

Ich habe das Interview geknackt und den Job bekommen. Mein Gehalt war immer noch viel niedriger als das von erfahrenen Kandidaten, da ich keine relevante Domain-Erfahrung hatte. Aber ich wusste, wie man Ereignisse verwaltet und für Begeisterung sorgt. Das war es, was ich tun musste. Mein Arbeitsplatz war Pune. Ich musste aus Mumbai ausziehen, und diesmal für immer.

Mein neues Büro befand sich in der Fergusson College Road, im Herzen von Pune. Ich lebte in Kothrud und pendelte täglich auf einem Roller. In Mumbai war ich es so gewohnt, mich mit öffentlichen Verkehrsmitteln zu bewegen, dass die Freiheit eines persönlichen Verkehrsmittels verwirrend war. Anfangs vergaß ich, dass ich mit meinem Roller ins Büro kam. Einmal ließ ich meinen Scooty im Büro und ging zur Bushaltestelle. Das Warten an der Bushaltestelle, am Bahnhof oder am Rikscha-Stand war zur Selbstverständlichkeit geworden. Jedes Mal, wenn ich einen Bus, einen Zug oder ein Auto sah, gingen meine Füße natürlich auf sie zu, um an Bord zu gehen. Ich wartete auf den Bus, als der Bürojunge rannte, um mich daran zu erinnern, dass ich ein Fahrrad mitgebracht hatte.

Pune war eine neuartige Erfahrung. Es ist nur 150 km von Mumbai entfernt, aber Sie finden einen starken Kontrast in der Kultur. Pune ist im Vergleich zu Mumbai entspannt, aber dennoch lebendig und farbenfroh. Pune hat seine eigene Farbpalette.

Nachts erstrahlt die FC-Straße in Lichtern und Aromen, die die hier lebenden Jugendlichen anziehen. Pune ist ein zweites Zuhause für viele Studenten, die aus abgelegenen Dörfern von Marathwada und West-Maharashtra abwandern. Für sie ist Pune ein Upgrade. Sie verlassen ihre kleinen Teiche und versuchen, in den Ozean des zweiten Silicon Valley von Indien einzudringen, das nach Bangalore Pune ist.

Ich habe so viele Träume in ihren Augen gesehen, als ich die FC-Straße entlang schlenderte. Ein Großteil von ihnen kommt aus Kleinstädten, Dörfern und bescheidenen Haushalten. Viele von ihnen sparen ihr Taschengeld, um einmal im Monat auf der FC Road zu schlemmen. Ich wohnte neben einem Haufen Studenten, die eine Wohnung gemietet hatten.

Pune ist eine unbeschwerte Stadt, im Gegensatz zum geschäftigen Mumbai. Pune hat seine eigene Kultur und

Einstellung. Ich habe es immer vorgezogen, mein ganzes Leben lang in Mumbai zu leben, aber diese neue Veränderung schien mir willkommen zu sein. Dieses Mal war ich viel eher bereit, alleine in einer Stadt zu leben, die mir neu war.

Früher, als ich nach Kolkata ging, war ich weder mental vorbereitet, noch hatte ich die Reife, um zu verstehen, wie wichtig es ist, einen Job zu haben. Ein Job bietet Sicherheit und Selbstachtung, die sonst nichts bieten kann.

Jetzt begann ich, den Unterschied zwischen einem Job und Leidenschaft zu verstehen. Leidenschaft ist ein langfristiges Konzept wie ein Marathon. Leidenschaft sollte auf lange Sicht der Sinn deines Lebens sein. Sie sind vielleicht nicht leidenschaftlich bei der Arbeit, die Sie gerade machen, aber es gibt Ihnen ein Gefühl von Selbstachtung und Unabhängigkeit. Ich war verwirrt über meine Leidenschaft und meinen Job. Ein Job ist erforderlich, um das Gleichgewicht des Lebens zu erhalten, während Leidenschaft erforderlich ist, um ein gesundes Leben zu führen.

Menschen wie meine Eltern haben ihr ganzes Leben lang den Kopf gesenkt und sich den Hintern abgearbeitet, nur um dieses Gleichgewicht aufrechtzuerhalten. Das einzige Problem mit ihrer Generation war, dass sie auch nach dem Erreichen des Gleichgewichts weiterhin den Kopf nach unten legten und sich den Hintern abarbeiteten. Ihre Arbeit wurde zum Sinn ihres Lebens. Sie erwarteten dasselbe von mir. Ich sollte einen Job annehmen, mir den Arsch abarbeiten und meinen Lebensunterhalt verdienen, dann heiraten und Kinder haben. Das Ende.

Ich wollte dieses Muster durchbrechen. Ich habe nicht geglaubt, dass ichaußergewöhnlich oder talentiert war. Also war alles, was ich anstrebte, ich selbst zu sein, anders und einzigartig. Aber dafür musste ich unabhängig sein. Ich musste mich zuerst selbst respektieren, und dafür musste ich mir den Arsch abarbeiten.

Meine Arbeit war eintönig. Als ich in meine Wohnung zurückkehrte, fand ich sie hohl und leer. Ich fühlte mich nie zu Hause, aber jetzt, da ich einen Weg für mich gewählt hatte, gab es kein Zurück mehr. Ich hatte das Haus unter nicht so guten Bedingungen mit meiner Familie verlassen. Ich hatte einen Punkt, den ich mir selbst beweisen musste. Ich musste einen Weg finden, allein zu leben, unabhängig von meiner Familie, weil ich mich entschieden hatte, das Leben zu meinen eigenen Bedingungen zu leben. Wie erwartet, entsprach der Job nicht annähernd meiner Stellenbeschreibung. Aber ich war froh, dass ich diesmal wusste, was ich tat.

Da ich das einzige Kind meiner Eltern war, musste ich nie finanziell kämpfen, aber jetzt trug ich die Hauptlast der Finanzkrise. Zum Glück hatte ich Sharvari, um mir durch dieses Chaos zu helfen. Wir verbanden uns täglich durch Videoanrufe und Chats. An den meisten Tagen aß ich mein Abendessen lieber auf dem Heimweg vom Büro. Es gab eine Zeitlücke von 11 Stunden zwischen mir und Sharvari. Als ich also zu Hause ankam, wäre sie zur Arbeit gegangen und wir würden uns verbinden, während sie auf dem Weg war.

„Hallo Yash, wie war dein Tag?" "Es war normal." "

"Was ist mit dir? Wie war es gestern?"

"Es war gut. Und hör zu, ich muss dir etwas sagen."

"Was?"

"Ich habe Sushrut von uns erzählt." "Oh! Wie hat er also reagiert?"

"Am Anfang wirkte er verärgert und es war ganz natürlich, aber ich bin mir sicher, dass er sich einigen wird. Er ist reif genug."

"Das wird nicht einfach, Sharvari."

"Ich kenne Yash. Aber ich will keinen von euch verlieren. Mit Sushrut zusammen zu sein, war meine Entscheidung. Ich bereue es nicht, aber das bedeutet nicht, dass wir nicht in einer Beziehung sein können. Ab jetzt klingt alles kompliziert. Aber es muss einen Weg geben. Ich glaube wirklich, dass wir alle drei uns zu Individuen entwickeln können, die den Platz des anderen in unserem Leben akzeptieren können. Wir betrügen ihn nicht."

"Ja, das stimmt. Es ist möglich, weil Sie in den USA sind. Dieses Konzept der Polyamorie ist Indern fremd. Vergessen Sie Polyamorie, selbst regelmäßige Beziehungen sind in Indien nicht zugelassen. Meine Eltern werden ausflippen, wenn ich es ihnen erzähle."

"Da bin ich mir sicher, ich erinnere mich an meine letzte Begegnung mit Tante."

"Können wir das wirklich durchziehen?"

"Ja, das werden wir. Hoffen wir, dass sich deine Eltern mit der Zeit weiterentwickelt haben."

Ich habe immer von etwas Unkonventionellem geträumt.

die Normen der Gesellschaft. Im Gegenteil, meine Eltern waren Konformisten, die das System unserer Kultur und Traditionen schätzten. Von ihnen zu erwarten, dass sie meinen Beziehungsstatus mit Sharvari verstehen, war unmöglich.

Ich habe mich entschieden, sie in meiner Lebensgeschichte von dieser Entwicklung auszuschließen.

Kapitel 24

Es war das Jahr 2015.

Die Regierung Modi hatte ein Jahr an der Macht erfolgreich abgeschlossen. Die Medien drehten mit ihrem Filmmaterial durch. Ich hatte auch ein Jahr in meinem aktuellen Job in Pune absolviert. Ich hatte beschlossen, dass ich nicht zulassen werde, dass die politischen Meinungen der Menschen um mich herum mein Wachstum als Individuum und als Profi beeinflussen. Ich versuchte, unpolitisch zu bleiben.

In Indien unpolitisch zu sein, ist wie ein Heuchler zu sein, und Modi Govt. hat die Bullshit-Politik Indiens in eine Kuhmist-Politik verwandelt.

Modi stellte sich als jemand dar, der an Entwicklung durch eine Partnerschaft mit Unternehmen glaubte. Unternehmen könnten dringend benötigte Arbeitsplätze schaffen und für eine gewisse wirtschaftliche Stabilität sorgen. Modinomics stimmte mit Adam Smiths Wirtschaftstheorie in Bezug auf freie kapitalistische Märkte überein; all der Reichtum, der über Unternehmen, die diese Märkte leiteten, in den Märkten zirkulierte.

Dann lehnen wir uns zurück und hoffen, dass dieser Reichtum in die unterste Schicht der Pyramide sickert. Das Modell mag in den westlichen Ländern funktioniert haben, da sie den Rest der Welt kolonisierten und nicht dicht besiedelt sind. In einem Land wie Indien würde ein totalkapitalistischer Ansatz jedoch das Rückgrat der Wirtschaft brechen. Doch nach einem Jahr der sogenannten Minimum Government und Maximum Governance wurde Indien pathetisch niedrig im Ease of Business Index eingestuft. Selbst nach einer Begrüßung ausländischer Investoren auf dem roten Teppich war die Situation weitaus schlimmer als in der sogenannten sozialistischen Herrschaft.

Die Modi-Jacke war ursprünglich als Nehru-Jacke bekannt, aber da Modi sie hin und wieder anzog, wurde sie jetzt als Modi-Jacke bekannt. Jedes Schema, das ursprünglich unter der UPA-Regierung verabschiedet wurde, wurde umbenannt und als "Pradhan Mantri blah-blah yojana" weitergegeben. Die Aam-Junta liebte diesen Zirkus und jubelte über den Erfolg des sogenannten „Gujarat-Modells".

Modi war ein Held für die RSS-Follower. Er war eine Ikone für viele Shakha-Arbeiter, die ihre unerbittlichen Dienste in zahlreichen Shakhas in ganz Indien leisteten. Pune war eine Hochburg der RSS und Modi war ihr Gott. Er würde eine Fülle von Reden in den Wahlversammlungen und Parteiversammlungen halten und seine Bhakts würden "Modigasmen" bekommen. Seine oratorischen Fähigkeiten wurden in allen Teilen der Gesellschaft geschätzt. Ich fand den Inhalt repetitiv.

Liebe ist blind. aber Bhakti ist blinder. Ich begegnete so

viele leitende Bürokollegen, die reden würden, als ob sie Modi persönlich kennen würden. Auch während der Mittagszeit wird diethema der Diskussion wäre, wie schlecht der Kongress 60 Jahre lang regiert hat und wie fähig Modi ist, in nur 60 Monaten alles umzudrehen. Ich versuchte, der Politik zu entkommen, aber die Politik verließ mich nicht.

Ich war immer verwirrt über die Idee der Reservierung in Bildung und Jobs. Ich hatte das Gefühl, dass Reservierungen Verdienste vernichten. Es war meine Unwissenheit und mein Mangel an Wissen. Aufgrund meiner Hautstruktur, meiner sprachlichen Fähigkeiten und meines Nachnamens glaubte die Mehrheit der Punekars, dass ich ein Brahmane war. Viele von ihnen lernten mich kennen, weil sie mich für einen Brahmanen hielten. Einige boten vegetarisches Essen an, was ich bis ins Mark hasste. Ich war es gewohnt, in Pune ein leckeres nicht-vegetarisches Mittagessen zu bestellen. Ich saß meistens mit Leuten zusammen, die kein Gemüse bevorzugten. Dazu gehörten alle im Büro, unabhängig von Status, Position, Kaste oder Religion.

Es gab eine Gruppe von Jungs, die immer Abstand zu uns hielten. Sie haben sich entschieden, nicht bei uns zu sitzen, und das haben wir respektiert. Eines Tages kam einer der kürzlich pensionierten Mitarbeiter zur Mittagszeit. Er hatte ein sehr gutes Verhältnis zu mir, weil er mich für einen Brahmanen gehalten hatte. An diesem Tag sah er mich die nicht-vegetarischen Köstlichkeiten genießen. Zusammen mit mir gab es einige andere, die er für seinen Clan nicht gut genug hielt. Ich konnte in seinen Augen völlige Missbilligung und Enttäuschung spüren. Nachdem ich mein Mittagessen beendet hatte, ging ich auf ihn zu.

"Hallo Sir, wie geht es Ihnen?

Du besuchst uns nach langer Zeit."

Ohne etwas zu sagen, zog er ein paarschritte. Ich verstand nicht, warum er das tat. An diesem Tag ging er, ohne etwas zu sagen. Nach diesem Vorfall, wann immer er unser Büro besuchte, ignorierte er mich und vermied jedes Gespräch. Eines schönen Tages konfrontierte ich ihn.

"Sir, heutzutage treffen Sie mich nicht mehr und sprechen nicht mehr mit mir. Ist alles in Ordnung?" Fragte ich ihn.

"Warum isst du solche Sachen und das auch mit diesen Leuten?", klang er irritiert.

"Ich habe Sie nicht verstanden, Sir. Worauf beziehen Sie sich?"

"Du bist einer von uns. Warum sitzt du bei ihnen und isst ihr Essen? Unsere Shastras haben den Verzehr von nicht-vegetarischem Essen aufs Schärfste verurteilt."

"Sir, was meinen Sie mit" Sie sind einer von uns "?"

"Du bist ein Brahmane; du solltest Vegetarier sein. Du bringst Schande über unsere Gemeinschaft, indem du mit diesen Leuten sitzt und verbotenes Essen isst."

"Sir, es tut mir leid, Sie irren sich. Ich bin kein Brahmane und ich unterscheide nicht zwischen Kasten. Ich habe mich seit meiner Kindheit von nicht-vegetarischem Essen ernährt und kann ohne es nicht leben."

Er ging, ohne etwas zu sagen. Von diesem Tag an kam er nicht mehr in meine Nähe. Er würde Wege finden, mich zu umgehen. Er würde mich aus der Ferne mit einem diskriminierenden Blick ansehen. Seine Augen würden vermitteln: "Du gehörst nicht zu uns".

Dies war das erste Mal in meinem Leben, dass ich einer Kastendiskriminierung ausgesetzt war. Dieser Vorfall hat mich tagelang begleitet. Wenn jemand wie ich, der immer privilegiert war, aufgrund meiner Lebensmittelauswahl diskriminiert werden kann, dann stellen Sie sich vor, was die SC, STs und NTs in ihrem Leben durchmachen müssen. Unsere kastenbasierte Gesellschaft muss sie in jedem Lebensbereich diskriminieren. Sie würden niemals wie ein normaler Mensch behandelt werden.

Um sicherzustellen, dass es kein Ungleichgewicht bei Bildung und Arbeitsplätzen gibt, haben wir Vorbehalte. Es ist auch eine Möglichkeit, sich bei all jenen zu entschuldigen, die seit Jahrhunderten rücksichtslos diskriminiert werden. Nach dieser Phase in meinem Leben habe ich mich nie gegen Vorbehalte ausgesprochen.

Die Reservierung endet erst, wenn die Diskriminierung endet.

Dies war die Zeit, in der Mob-Lynchen in Indien grassierte und keine strengen Maßnahmen gegen die Täter ergriffen wurden. Sie streiften ungeschoren herum. Dies war auch die Zeit, in der die Social-Media-Handler, die Modi bei den Wahlen 2014 halfen, Hass gegen Muslime und Dalits ausspuckten. Die meisten Opfer von Mob-Lynchen waren Muslime und Dalit. Dieser Hass wurde unweigerlich durch Social-Media-Handles verübt, die von der BJP-IT-Zelle finanziert wurden.

Wer war tatsächlich für diese Todesfälle verantwortlich? War es nicht Pseudo-Wahlpropaganda, Indien zu einem hinduistischen Rashtra zu machen? Warum wurden diese Griffe von allen Führern der BJP einschließlich des Premierministers befolgt?

Warum hat die Öffentlichkeit solche Taten nicht verurteilt?

Muslime machen etwa 17% der Bevölkerung aus und die BJP gewann bei den Wahlen 2014 einen Stimmenanteil von rund 30%, von denen der muslimische Stimmenanteil sehr gering war. Es machte ihnen also nichts aus, alle 17% der Stimmen zu verlieren. Es hätte sie keine Wahl gekostet. Das muslimische Stimmenbank wurde auch über kleine Minderheitenparteien wie AIMIM gespalten. Asaduddin Owaisi wurde zum Stimmenschneider des Kongresses und der anderen sogenannten säkularen Parteien Indiens. Die Mehrheit der hinduistischen Stimmen konzentrierte sich auf die BJP und die Minderheitsstimmen wurden verteilt, was der BJP einen sicheren Sieg sicherte.

Sie waren zuversichtlich, bei fast allen Wahlen, die in den kommenden Jahren stattfinden sollten, zu gewinnen.

Kapitel 25

Auch indisches Cricket war nicht in bester Form.

Wir haben uns im Halbfinale aus der WM 2015 zurückgezogen.

Dhoni hatte seinen Midas-Touch verloren und seine Abschlussfähigkeiten nahmen in letzter Zeit ab. Die indische Kombination funktionierte nicht. Wir hatten einen ordentlichen Bowling-Angriff, aber unsere Schläge waren nicht großartig. Wir hatten kein Team, das die Weltmeisterschaft gewinnen konnte. Ehrlich gesagt, seit 2013, als der Gott des Cricket Sachin Tendulkar sich vom internationalen Cricket zurückzog, verringerte sich meine emotionale Investition in das Spiel erheblich. Ich verfolgte das Spiel, aber nicht mit dem gleichen Eifer wie früher, als Sachin spielte.

Sharvari und ich haben uns bemüht, die Dinge in unserer polyamorösen Fernbeziehung zum Laufen zu bringen. Wir konnten die körperliche Intimität in unserer Beziehung nicht genießen. Manchmal reicht es nicht aus, emotional verbunden zu sein. Du brauchst die Wärme der Berührung. Man vermisst die physische Nähe.

„Sharvari, ich möchte dich in meinem Leben spüren. Ich möchte deine Berührung spüren und deinen Duft riechen. Ich weiß nicht, wie lange es so funktionieren wird?"

"Es wird die meiste Zeit so sein,Yash. Ich bin hier mit Sushrut, aber du bist allein dort. Auch Sie brauchen jemanden, der unsere einzigartige Beziehung verstehen kann. Sushrut nimmt sich Zeit, dies zu akzeptieren. Es ist natürlich, da wir technisch gesehen angefangen haben, uns zu verabreden, nachdem ich ihn geheiratet habe. Aber wenn du es schaffst, deine Situation im Voraus zu erklären und jemand reif genug ist, sie zu verstehen, wirst du vielleicht jemanden finden, der dir körperlich näher steht."

"Hah! Leichter gesagt als getan, Sharvari."

"Ich weiß, aber es ist der einzige Weg. Und sei nicht schuldig an dieser polyamorösen Beziehung. Wir sind viel entwickelter als die Menschen, die ihre Partner betrügen. Wir betrügen niemanden. Wir haben uns klar gemacht, was wir von unserem Leben wollen. Daran ist nichts auszusetzen."

Dating-Apps erweisen sich als Drehscheibe für Obszönität, Frauenfeindlichkeit und Objektivierung. Wir behandeln andere wie ein Produkt, indem wir nach links oder rechts wischen, und am Ende werden wir selbst zu einem Produkt.

Mein Fall war viel komplizierter, da ich ein Mädchen finden musste, das bereit war, in einer polyamorösen Beziehung zu sein. Ich fühlte mich mit Dating-Apps unwohl, weil sich die Dating-Kultur in einer kulturell herausgeforderten Gesellschaft wie der unseren nicht weiterentwickelt hat. Angesichts meines Talents und Aussehens hatte ich nicht einmal die Chance, ein Mädchen zu beeindrucken. Und hier wollte ich jemanden davon überzeugen, sich diesem Zug des

Elends anzuschließen und Unsicherheiten. Wir waren uns nicht sicher, wohin wir wollten, und ich habe ein anderes Opfer hereingelegt, nur um mich sicher zu fühlen.

Emotional war ich stark genug, um damit umzugehen, aber mit dem Alter haben einige körperliche Bedürfnisse eine Berufung. Früher bekam ich häufiger Triebe und verlor den Verstand. Ich war kein Jugendlicher, um in eine Beziehung für Sex zu kommen, wie es Teenager tun. In meinem Alter musste es in Beziehungen um emotionale Verbindung und Engagement gehen. Ich habe diese Emotionen für Sharvari gepflegt.

Um ehrlich zu sein, war mein Bedürfnis rein körperlich. Durch eine rigorose Suche in verschiedenen Apps und Mundpropaganda durch einige vertrauenswürdige Bekannte in Pune wurde ich Mitali vorgestellt. Mitali war ein Techniker, der bei Infosys in Hinjewadi, Pune, arbeitete. Sie hatte eine zerbrochene Ehe. Sie stammte aus Faridabad und war vor 5 Jahren zur Arbeit nach Pune gezogen. Anfangs arbeitete sie in Gurgaon, aber nach ihrer Scheidung beschloss sie, von ihrer Familie wegzuziehen. Ich beschloss, sie zu treffen. Ich war zu diesem Zeitpunkt total verzweifelt.

"Hey Mitali, ich bin Yash."

"Hallo, Yash. Schau, ich weiß, dass du nicht viel von dieser Beziehung erwartest, aber ich habe Erwartungen. Ich kann nicht nur eine provisorische Vereinbarung für dich sein. Also lassen Sie mich eines klarstellen. Du musst mir Zeit und Raum geben. Und wenn das klappt, werden wir erst dann weitermachen."

Bevor ich weiter sprechen konnte, fügte Mitali ihre Liste der Allgemeinen Geschäftsbedingungen hinzu. Zu der Zeit war ich süchtigzu einer Webserie "TVF Pitchers", die später zu einer der besten Webserien wurde, die jemals auf der indischen OTT-Plattform gedreht wurden. Es gab eine Figur namens Yogi, die sagte: "Du kannst zu einer Frau, die dir Sex gibt, nicht nein sagen." Hier hatte ich gehofft, etwas Action zu bekommen, und daher war ich auf jeden Kompromiss aus.

Wir sind eine geschlechtslose Gesellschaft. Sex ist in Indien ein Tabuwort. Dennoch vermehren wir uns wie verrückt. Ich erinnere mich, dass wir in meinem ersten Jahr am Engineering College einen Freund namens Gurunath hatten. Wir nannten ihn "Guru". Er war wirklich ein Guru. Er war Anbieter von Pornofilmen. Er hatte Hunderte von CDs und DVDs mit Pornos geladen. Die Leute würden sich nach ihrer Wahl an ihn wenden, um die CDs auszuleihen. Der Guru würde sich gerne dazu verpflichten.

Ich war auch ein Nutznießer von Gurus Bibliothek. Ich habe mir Pornos angeschaut, um süchtig zu werden. Ich fing fast an zu glauben, dass alles, was in Pornofilmen gezeigt wurde, real war und Sex so einfach, angenehm und rein körperlich sein würde. Als ich anfing, mit Mitali auszugehen, kam der Punkt, an dem körperliche Intimität und Geschlechtsverkehr Teil unserer Beziehung wurden. Ich erkannte, dass Sex nicht nur ein körperlicher Aspekt war. Es braucht emotionale Unterstützung, wenn Sie es wirklich genießen wollen.

Ich hatte eine Wohnung in einer teuren Gegend gemietet, die nicht so vorsichtig war, wer mit wem zusammenlebt. Meine frühere Gesellschaft war sehr konservativ. Der Austritt aus einer solchen Gesellschaft war also meine einzige Option, während ich versuchte, die Dinge mit Mitali in Ordnung zu bringen.

Mitali war eine starke, unabhängige und feste Dame. Aber sie war beunruhigt. Körperlich war sie nach gesellschaftlichen Maßstäben überdurchschnittlich. Sie bevorzugte normalerweise westliche Outfits und ihr Kleidungssinn war beeindruckend. Sie war sehr spezifisch in Bezug auf ihr Aussehen, was ihre Persönlichkeit verbesserte. Mitali hatte eine missbräuchliche Ehe und ein paar toxische Beziehungen erlitten. Manchmal verlassen Menschen Beziehungen, aber ein Teil der Beziehung bleibt für eine sehr lange Zeit in ihnen. Oft ist es der toxische Teil.

Mitali hatte aufgrund verschiedener Missbrauchsfälle den Respekt vor ihren früheren Partnern verloren. Wenn sie sich also einer Beziehung näherte, war sie besonders vorsichtig und vertraute ihrem Partner nicht. Das ist der Grund, warum ihre Beziehungen oft scheiterten. Sie dachte, ich sei ein Verlierer auf der Suche nach Sex. Sie hatte das Gefühl, dass sie mich dominieren konnte, da ich bedürftig war. Dieses Gefühl verursachte oft Abstoßung beim Geschlechtsverkehr.

"Warum bist du noch nicht hart?"

"Du musst mir ein bisschen mehr helfen. Ich glaube, ich bin nervös." "Du bist eine verdammte Jungfrau!!!"

Mitali musste mir helfen, hart zu werden. Ihr Griff war zu stark. Sie hielt meinen Penis so fest, dass ich fast vor Schmerzen schrie.

"Mitali, bitte etwas sanfter." "Was zum Teufel!!"

Schließlich war ich körperlich erregt, aber ich war nicht vollständig in den Prozess ein. Mein Penis war aufrecht und hart, aber ich fand die Penetration hart. Mitali hat mir geholfen. Ich war in ihr.

"Drück hart, du Verlierer", schrie Mitali verächtlich.

Ich drängte härter und härter. Aber ich konnte kein Vergnügen empfinden, da es keine Verbindung gab. Ich wollte sie halten und küssen, aber die Wärme fehlte. Ich stellte mir vor, das wäre Sharvari. Ich konnte nicht dasselbe für Mitali empfinden.

Nach meiner katastrophalen Leistung beschlossen wir, dass wir uns für eine Weile auf das Vorspiel konzentrieren und dann Geschlechtsverkehr haben sollten, da es mir helfen würde, in die Handlung einzusteigen. Mitali war rücksichtsvoll genug, um all das zu ertragen.

"Alter, geht es dir gut?" Sie fragte mich zum ersten Mal.

"Mir geht es gut. Was ist mit dir? Sie wirken sehr aggressiv und unzufrieden. Schau, ich versuche es, aber irgendwo bin ich noch nicht da. Ich weiß, dass es für dich enttäuschend gewesen sein muss."

"Ja, ich meine, es ist enttäuschend. Du warst am Anfang verzweifelt, aber jetzt sieht es nicht mehr so gut aus. Ich habe das Gefühl, dass Sie von diesem Setup nicht überzeugt sind."

"Um ehrlich zu sein, ja. Ich habe keine Ahnung, wie die Dinge auf lange Sicht funktionieren werden."

"Ich bin auch ahnungslos. Ich lasse nicht zu, dass es mein Geschenk beeinträchtigt. Ich habe beschissenere Zeiten durchgemacht, als du hättest durchmachen können die man sich je vorgestellt hat. Aber das ist unsere Realität. Dies ist unsere Chance auf Kameradschaft und wir brauchen körperliche Intimität. Du hast Sharvari nicht bei dir. Auch ich wäre gerne in einer stabileren Beziehung gewesen. Aber angesichts meiner traumatischen Erfahrungen in der Vergangenheit würde ich mich lieber für eine Weile mit so etwas zufrieden geben."

"Das stimmt. Und vielen Dank für dieses Gespräch."
"Was meinst du damit? Ich bin nicht so schlecht."

"Nein, so ist es nicht. Ich hätte nie gedacht, dass ich mich jemals vor dir öffnen würde."

"Du öffnest deinen Schwanz vor mir, Alter, es ist an der Zeit, dass du dein Herz und deinen Mund öffnest, um zu sprechen."

Wir lachten beide von ganzem Herzen. Von diesem Tag an entwickelten wir ein Verständnis. Wir akzeptierten, dass wir verschiedene Individuen mit unterschiedlichen Zielen und Schicksalen waren, aber wir brauchten einander für eine Weile. Dies bildete die Grundlage unserer Kameradschaft.

Solche Beziehungen werden oft von der Gesellschaft beurteilt.

Gemäß gesellschaftlicher Normen mangelt es solchen Beziehungen an Engagement und Langlebigkeit. Aber ich glaube, dass erzwungene Langlebigkeit nur aufgrund von Engagement keine Möglichkeit ist, dein Leben zu leben. Hier lebte ich mein Leben Tag für Tag. Ehrlich gesagt, es war großartig.

Meine Leistung verbesserte sich, als wir uns zusammenschlossen. Wir hatten nicht nur Sex, sondern wurden auch wild. Wir fingen an zu ficken. Mein Selbstvertrauen wuchs sprunghaft.

Sie hat ein Vertrauen in mich entwickelt. Sie würde sich mir freiwillig ergeben und ich würde sie mitnehmen, was auch immer ich hatte. Sie liebte es. Sie würde vor Ekstase schreien.

„Ja....Ja... .Das ist der Punkt. Tiefer... tiefer... härter... härter... Ahhh... Ahhh..." Mitali geriet fast in Trance.

Einmal wurde ich übermütig und bat sie, eine andere Position auszuprobieren. Ich dachte, ich wäre ein Profi in dem, was wir taten. Aber Mitali zeigte mir den Spiegel.

"Alter, du machst das gut. Aber Sie müssen mit den bestehenden Positionen fortfahren, um besser zu werden."

"Oh! Ich dachte, du genießt sie. Ich gebe dir täglich Orgasmen."

"Nicht wirklich. Anfangs habe ich es so vorgetäuscht, dass du Selbstvertrauen gewonnen hast. Aber später haben Sie sich verbessert und an manchen Tagen haben Sie den Jackpot geknackt. Aber nein, nicht täglich. Betrachte dich also nicht als ein paar Tees Maar Khan."

Abgesehen von Sex halfen wir uns auch mit persönlichen Dingen, wie dem Mitbringen von Lebensmitteln, dem Teilen von Arbeitsproblemen und zwanglosen Verabredungen. Unsere Gespräche und die Zeit, die wir zusammen verbrachten, brachten uns nicht nur näher, sondern halfen uns auch, vollständigen und befriedigenden Sex zu erleben.

Und dann eines schönen Tages, während wir mitten in einer super wilden verdammten Session waren. erschien unser Premierminister am

TV undDas möchte ich lieber nicht sagen!!

Kapitel 26

Ich erinnere mich an das Datum. Es war der 8. November 2016.

Der Premierminister kündigte an, dass Rs. 500 und Rs. 1000 Noten ab Mitternacht nicht mehr als gesetzliches Zahlungsmittel gelten würden. Modi träumte davon, Indien zu einer bargeldlosen Gesellschaft zu machen. Einen detaillierten Fahrplan gab es aber nicht.

Ich war beim Sex super erregt, aber sobald ich das im Fernsehen hörte, verlor ich meine Erektion.

"Yeh Kya Chutiyapa kar diya!" Ich habe geschrien!

"Was zum Teufel! Was ist mit dir passiert? Geht es dir gut?"

"Nein! Ich meine, sieh dir das an. Unsere Wirtschaft basiert auf Bargeld. Sie verhängen einen Demonetarisierungs-Antrieb. Das wird in Indien nicht funktionieren."

Mitali fragte sich, warum ich so verärgert war über eine Entscheidung unseres ehrenwerten Premierministers und auf welche Weise würde esbeeinflussen mich. Es ist nicht so, dass wir zu Hause viel Geld hatten, aber wir brauchten etwas für grundlegende Sachen. Wir beschlossen, Bargeld im Wert von Hunderten abzuheben, da dies das einzige gesetzliche Zahlungsmittel war. Vor allen Geldautomaten standen riesige Schlangen.

Nach 2 Stunden Wanderung gelang es uns, 1000 Rupien abzuheben. Ich hoffte, es würde ausreichen, um ein paar Tage zu überleben.

Am nächsten Tag wurde ich von meiner Bank gebeten, meine reguläre Arbeit für die nächsten Tage aufzugeben, da es einen Mangel an Ressourcen gab, um mit der Menschenmenge umzugehen, die sich um die Banken und ihre Filialen in der ganzen Stadt versammelte. Ich wurde gebeten, die Mitarbeiter in den Filialen zu unterstützen und ihnen beim Cash Management zu helfen. Ich brauchte ein paar Minuten, um in die Filiale zu kommen, während Hunderte von Menschen am Gate warteten. Die Geldautomaten liefen leer. Die Leute hatten also keine andere Wahl, als stundenlang in langen Warteschlangen zu stehen, um den Mindestbetrag abzuheben.

Da in der Filiale nur sehr wenig Bargeld zur Verfügung stand, war das Auszahlungslimit auf 2000 Rupien pro Person begrenzt, so dass wir mindestens 1000 Personen pro Tag bedienen konnten. Die Mitarbeiter, die im Bereich der Geschäftsentwicklung und anderen Branchen tätig sind, wurden gebeten, Bargeld zu verwalten. Wir hatten keine Erfahrung im Umgang mit Bargeld. Einige von uns hatten noch nie so große Geldsummen auf einmal gesehen. Die Menge wurde ungeduldig. Plötzlich erhob sich eine Stimme aus der Menge.

„Mala majhe paise pahijet.Tyashivay mi ithun janar nahi." (Ich will mein Geld. Ich werde bis dahin nicht gehen.)

Hier war ein Säufer, der Geld zum Trinken brauchte.

Es war eine Herkulesaufgabe für die Sicherheitsleute, die alleinige Wächter der Filialen waren, eine so große Menschenmenge zu managen. Sie waren nicht dafür ausgerüstet oder ausgebildet. Der Säufer begann, einige Damen zu schubsen und die Warteschlange zu durchbrechen. Alle Mitarbeiter gingen nach draußen, um den Kerl zu kontrollieren. Die Polizei wurde über das Szenario informiert. Sie packten diesen skrupellosen Idioten und schleppten ihn weg. Sie blieben eine Weile dran, um die Menge zu managen.

Der Tag, der früh am Morgen begann, weigerte sich zu sterben. Uns wurde eine Govt.-Bank zugeteilt, um unseren Bargeldtresor wieder aufzufüllen, wenn wir zu kurz kamen. Wir füllten den Tresor dreimal am Tag auf, doch viele Menschen blieben unbeaufsichtigt. Darunter befanden sich auch einige Tagelöhner, deren Gehälter gutgeschrieben wurden. Sie mussten sich zurückziehen, damit sie etwas Essen auf die Teller ihrer Familienmitglieder legen konnten.

Es gab ein paar Damen mit Kindern, die bitterlich weinten. Sie brauchten Geld für die medizinische Behandlung des Mannes. Es gab Studenten, die Gebühren zahlen wollten. Die Zeit war knapp und sie konnten die Gebühren nicht bezahlen, da sich an keinem Geldautomaten oder bei keiner Bank Bargeld befand. Wir waren hilflos. Alles, was wir schaffen konnten, war, diese unruhigen Seelen mit freundlichen Worten oder einem Arm um ihre Schulter zu trösten. Einige von uns gaben oft einen kleinen Betrag für ihr Abendessen. Aber war es genug?

Unser ehrenwerter Premierminister sagte in seiner Ansprache an die Nation, dass die Demonetarisierung ein Schritt in Richtung einer bargeldlosen und korruptionsfreien Wirtschaft sei.

Nicht verbuchtes Bargeld oder Schwarzgeld, das eine ernsthafte Bedrohung für unsere Wirtschaft darstellt, bremst unser Wachstum seit Jahrzehnten und es wurden keine Maßnahmen ergriffen, um es einzudämmen. Stapel von 500 Rupien und 1000 Rupien wurden in Godowns angehäuft, die vielen skrupellosen Elementen der Gesellschaft gehörten und für antisoziale Aktivitäten verwendet wurden. Auch die Finanzierung von Terrorgruppen erfolgte durch Bargeld. Die Demonetarisierung sorgte dafür, dass all diese Barmittel verbucht und in das System zurückgebracht und besteuert wurden. Die Einkommensteuerabteilung sollte nun jede Transaktion auf jedem Konto bei jeder Bank verfolgen, um die Schwarzgeldüberweisungen zu überprüfen.

Während seiner Wahlkampfveranstaltungen vor 2014 sprach Narendra Modi oft davon, Schwarzgeld ins System zu bringen. Er behauptete, er würde Details von Personen preisgeben, die Schweizer Bankkonten unterhalten, und das Geld nach Indien zurückbringen. Er versprach, riesige Geldsummen zurück ins System zu bringen. Jeder Bürger würde von 15.000.000 INR auf seinem Konto profitieren.

Diesen Standpunkt bekräftigte er in den Reden während der Demonetarisierungsaktion. Ich bin kein Ökonom und um fair zu sein, habe ich das Motiv hinter diesem Schritt nicht verstanden. Es war nie Teil des

Wahlmanifests der BJP, noch wurde es im Parlament diskutiert und debattiert.

Vor ein paar Jahren wurden unter Pradhan Mantri Jan Dhan Yojana Millionen von "Nullsaldo" -Konten für diejenigen eröffnet, die nicht Teil des Bankensystems sind. Jetzt hatten dieselben Konten Mittelzuflüsse in Tausend und Lakhs. Einige der Konten mussten von „Nullsaldo" auf „Allgemein" umgestellt werden. Einige dieser Kontennicht über Pan-Karten verfügten, so dass Bargeld über ein bestimmtes Limit hinaus nicht eingezahlt werden konnte.

Die Demonetarisierung stellte mehr Probleme als Lösungen dar. Der Schritt, der früher als Akt nationalistischer Kraft gefeiert wurde, fügte dem Leben der einfachen Menschen nur noch mehr Qualen hinzu.

Ein durchschnittlicher Banker hat sich während dieser Fahrt tagein, tagaus den Arsch aufgerissen. Sein Tag würde um 8 Uhr beginnen und um 22 Uhr enden, wenn sein Geldtresor ausgezählt wäre. Andernfalls müsste er alle Einträge wiederholen und jeden Einzahlungsbeleg, der während des Tages gemacht wurde, durchkreuzen. An manchen Tagen würde es bis Mitternacht dauern, um die Arbeit des Tages abzuschließen. Der Bankier sollte um 8 Uhr morgens wieder im Dienst sein.

Ich habe dieses Thema mit unserem Regionalleiter aufgegriffen. Die Menschen waren ohne Orientierungssinn und ohne einen bestimmten Zeitrahmen überlastet.

"Sir, können wir die tägliche Anzahl der Belege auf 1000 beschränken? Auf diese Weise können wir diesen 1000

Menschen einen festen Rückzug garantieren. Die Tresorauszählung wird einfacher, da die Leute, die auf den Theken sitzen, überlastet sind. Wir helfen ihnen, aber es gibt so viel Stress, dass die Dinge nicht bewältigt werden können, da die Arbeitskräfte so begrenzt sind."

Erklärte ich ihm mit überwältigenden Emotionen.

„Warum nur 1000 Menschen helfen?

Wir müssen dem helfen, der vor unserer Tür auftaucht."

Der Regionalchef versuchte, seine soziale Verpflichtung geltend zu machen.

"Sie haben recht, Sir. Aber warum nicht ein richtiges Token-System erstellen und sicherstellen, dass 1000 Kunden einen problemlosen und organisierten Service erhalten, ohne stundenlang in der Warteschlange stehen zu müssen."

„Unsere Kiefer stehen seit Jahren in 3 Fuß Schnee und Temperaturen unter -50 Grad Celsius an den Grenzen, um uns zu schützen. Warum können unsere Bürger nicht ein paar Stunden für die Nation Schlange stehen? Modiji hat diesen Antrieb zur Reinigung der Wirtschaft genommen. Warum können wir es nicht von ganzem Herzen unterstützen?"

"Sir, es ist keine Frage, nicht zu unterstützen. Aber all dies muss in einer organisierten Weise geschehen, damit wir die Leute nicht weiter belästigen. Machen wir das Leben zumindest für einige einfacher."

„Was werden Sie tun, wenn der 1001. Teilnehmer ein ernstes Bedürfnis hat? Wirst du ihm nicht dienen?"

"Sir, wenn wir noch etwas Bargeld übrig haben, dann auf jeden Fall ja, sonst werden wir dafür sorgen, dass er am nächsten Tag im Token bevorzugt wird."

"Nein. Das ist falsch. Wir sollten jede mögliche Person am selben Tag bedienen. Modiji hat viele Erwartungen an die Banken und wir sollten ihn nicht im Stich lassen."

"Sir, aber wie sollte Modi wissen, was wir hier auf Feldebene tun?"

„Schau, Yash, Modiji ist in der RSS-Kultur gewachsen. Er kennt dieses Land Zoll für Zoll. Er hat eine sehr gute Verbindung zu allen Shakhas hier. Wenn wir alsogut machen, wird unsere Arbeit sicherlich hervorgehoben und wird ihn erreichen. Keine Sorge. Arbeite einfach weiter hart. Wir sind gesegnet, einen Weltmarktführer wie Narendra Modi zu haben. Agar Modiji ne kiya hai toh kuch soch samajh kar hi kiya hoga. Lage raho."

(Wenn Modiji dies umgesetzt hat, dann steckt sicherlich ein Gedanke dahinter. Arbeiten Sie weiter.)

Modi-bhakti war so tief in die Köpfe einiger Menschen eingraviert, dass Rationalität zum Luxus geworden war. Diese Leute waren über Vernunft und Logik hinausgegangen. Die meisten von ihnen waren mit RSS verbunden. Die geschlossene Sanghi-Denkweise war jetzt für viele offen. Ihr uralter Traum von der vollständigen Macht über die Mehrheit wurde zum ersten Mal nach der Unabhängigkeit verwirklicht. Im Jahr 2014 wurde der Kongress auf magere 44 Sitze reduziert, ohne Zweck oder Tagesordnung im Parlament. Es war eine komplette Modi-Show.

Die Demonetarisierung führte zu einem wirtschaftlichen Chaos, das das Rückgrat kleiner und mittlerer Unternehmen zerstörte, die von Bargeldtransaktionen profitierten. Menschen, die als Arbeiter oder Arbeiter in diesen Unternehmen arbeiteten, erhielten ihren Lohn in bar. Es war in gewisser Weise bequem für die Eigentümer, weniger rechenschaftspflichtige Gewinne im Geschäft zu zeigen. Sie arbeiteten am Tageslohnmodell.

Für ein Land wie Indien mit wachsender Bevölkerung war Bargeld die bedeutendste Art der Transaktion an der Basis. Wir haben kein System aufgebaut, das jeden möglichen indischen Bürger in die Finanzstruktur des digitalen Indiens einbeziehen kann.

Viele Prominente unterstützten die Demonetarisierung, darunter Herr Virat Kohli. Ex-Kriminelle wie Virender Sehwag und Gautam Gambhir twitterten über die Vorteile der Demonetarisierung, als wären sie ausgebildete Ökonomen.

Modiji hatte gesagt, wenn die Demonetarisierung in 50 Tagen scheiterte, würde er kommen und sich der Öffentlichkeit stellen. Sie könnten ihn in jeder Ecke dieses Landes aufhängen. Mit Tränen in den Augen appellierte er an die Menschen, dass er sein Haus und seine Familie für dieses Land verlassen habe. Seine Rede stieß bei den Bürgern, die süchtig danach waren, einen Helden zu erschaffen und ihn dann anzubeten, auf viele emotionale Reaktionen.

Diese 50 Tage waren wie die Hölle für die Banker. Alle anderen Kampagnen zur Geschäftsentwicklung waren zum Erliegen gekommen. Wie versprochen sollten die

Dinge in diesen 50 Tagen in Ordnung sein, aber sie wurden nur schlimmer. Aber die Bhakts freuten sich über eine neu eingeführte 2000-Rupien-Note. Die Medien sind darüber durchgedreht.

Ein spezielles Nachrichtensegment wurde im Prime-Time-Fernsehen eingeführt, um die Vorteile dieser 2000-Rupien-Rechnung zu erklären. Die Öffentlichkeit wurde darüber informiert, dass diese Notiz einen Nano-Chip hatte. Wenn diese Noten für eine lange Zeit gehortet und gestapelt werden, sendet der Nano-Chip ein Satellitensignal an die Einkommenssteuerbehörden und benachrichtigt sie über den Standort. Die Einkommenssteuerbehörden können dann den Ort durchsuchen und die nicht rechenschaftspflichtigen Stapelwährungsscheine abrufen.

So wird die schwarze Komponente komplett aus unserer Wirtschaft verdrängt. Aber später stellte sich heraus, dass es in der 2000-Rupien-Note keinen solchen Nano-Chip gab und alle diese Nachrichtensprecher verkauften Bullshit. Dennoch wurden keine Maßnahmen gegen einen dieser Nachrichtenkanäle ergriffen.

Der Zweck der Demonetarisierung blieb dem gemeinen Mann ein Rätsel. Wenn der gemeine Mann kein Schwarzgeld hortet, warum musste er dann in langen Schlangen stehen, um sein hart verdientes Geld abzuheben?

Auch mit der Einführung der 2000-Rupien-Note hatte sich nur die Farbe des nicht ausgewiesenen Bargelds von SCHWARZ auf PINK geändert. Das Horten ging weiter und es gab keinen Mechanismus, um es zu stoppen. Der Demonetarisierungs-Antrieb war ein Totalausfall, wurde aber von den Medien als einer der mutigsten Schritte der Modi-Regierung angepriesen.

Die Medien sind die vierte Säule der Demokratie. Seit einigen Jahren sprechen sich die Medien für Modi und Shah aus. Der Kongress hatte die einmalige Gelegenheit, bundesweit gegen diesen tyrannischen Schritt der Demonetarisierung zu protestieren. Aber mit nur 44 Sitzen in der Lok Sabha war ihre Stimme nicht mehr die starke Stimme der Opposition. Die anderen politischen Parteien weigerten sich, sie als führende Oppositionspartei anzuerkennen.

Die Nationalistische Kongresspartei unter der Leitung von Sharad Pawar, einem Hauptverbündeten des Kongresses während des UPI-Regimes, lag mit der BJP in Maharashtra im Bett und daher gab es keinen direkten Widerstand seiner Partei gegen den Umzug. Mamata Banerjee vom Trinamool-Kongress machte sich Sorgen um ihr Territorium.

Infolgedessen protestierte keine vernünftige Stimme aggressiv gegen die Demonetarisierung. Einige unabhängige Journalisten erhoben ihre Stimme und organisierten Debatten über soziale medien. Leider waren sie den Journalisten in der Unterzahl, die ihre Seelen an die Politiker an der Macht verkauft hatten. Als ich nach Pune zog, hatte ich mir selbst versprochen, mich von der Politik fernzuhalten, da ich einen Großteil meiner 20er Jahre damit verschwendet hatte, Ideologien zu konfrontieren. Aber wie immer beeinflussten die makroökonomischen Faktoren, die in Indien politisiert wurden, den Denkprozess meiner gesamten Generation.

Wenn es auf der globalen Plattform zu wirtschaftlichen Turbulenzen kommt, finden Unternehmen Ausreden für den Abbau von Arbeitsplätzen. Die Zahl der Stellenangebote auf dem Markt war gesunken. Ich versuchte mein Bestes, um den Job zu wechseln, da ich 2 Jahre in dem jetzigen Job abgeschlossen hatte, aber keinen finden konnte...dank Demonetarisierung! Obwohl ich mich in mehreren Bereichen über mehrere Unternehmen hinweg beworben hatte, kam ich nirgendwo in die engere Wahl. All dies wirkte sich auch auf mein Privatleben aus.

Ich lebe seit 3 Jahren in Pune. Meine Gleichsetzung mit meiner Familie war nicht toll. Ich habe mir keine Mühe gegeben, daran zu arbeiten. Sharvari sagte mir oft, ich solle in meiner Beziehung zu meiner Mutter Wiedergutmachung leisten. Aber etwas war von innen kaputt. Ich konnte nicht herausfinden, was es genau war, aber ich hatte die Wärme verloren. Der Arbeitsdruck hatte Auswirkungen auf meine behelfsmäßige Beziehung zu Mitali. Wir hatten uns nur wegen körperlicher Intimität verbunden, aber nach einer Weile hatten wir begonnen, die Gesellschaft des anderen zu genießen.

Ich machte mir Sorgen um meine sinkende Karriere. Ich wurde nicht leicht erregt und selbst wenn ich es tat, hielt meine Erektion nicht lange an. Mitali machte sich Sorgen um mich.

"Mit dir stimmt etwas nicht."

"Es tut mir leid. Ich bin einfach zu gestresst in diesen Tagen."

"Du hättest es mir sagen können. Wir müssen es nicht tun, wenn du es nicht willst."

"Nein, so ist es nicht. Es ist eine Weile her, seit wir uns kennengelernt haben. Und ich fühlte mich einsam, deshalb habe ich dich angerufen. Ich weiß, dass es in unserer Beziehung nicht um tiefe Emotionen und so geht. Aber ich wollte heute einfach nicht allein sein."

"Das ist in Ordnung, Kumpel. Mach dir keine Sorgen. Dir wird es gut gehen."

Obwohl mein Schwanz nicht aufgerichtet war, war ich zuversichtlich, dass es das tun würde, wenn es wirklich wichtig war.

Aber wer sollte die Wirtschaft aufbauen?

Unsere Wirtschaft erlitt nach der Demonetarisierung eine dauerhafte erektile Dysfunktion.

Kapitel 27

Das Jahr vor der Demonetarisierung war beruflich und persönlich gleichermaßen hart.

Es war das Jahr, in dem sich meine Mutter aus ihrem Dienst zurückziehen wollte. Es war 3 Jahre her, seit ich mein Zuhause verlassen hatte. Ich hatte das Konzept einer Familie aufgegeben. Meine Großfamilie stellte ein paar Fragen zur Eingewöhnung im Leben, was implizierte: „Wann wird Ihr Sohn heiraten?" "Warum heiratet er nicht?"

"Gibt es ein Problem?"

Nach meiner Schule hatte ich ihr keinen einzigen Grund gegeben, stolz auf mich zu sein. Ich tat alles, was laut meiner Mutter gegen gesellschaftliche Normen verstieß. Ich habe mir nie die Mühe gemacht, meinen Beziehungsstatus mit Sharvari und Mitali zu erklären, da er selbst in der sogenannten modernen Gesellschaft nicht nachhallte. Als meine Mutter in Rente ging, musste ich ein paar Tage im Voraus nach Hause gehen und etwas für sie planen.

Meine Eltern waren vor ein paar Jahren nach Panvel gezogen, da Mama ein stressfreies Leben abseits derbuzz der Stadt. Mein Vater war vor ein paar Jahren in Rente gegangen und hatte sich mit dem Seniorenclub und anderen Aktivitäten beschäftigt. In den letzten 3 Jahren war ich kein regelmäßiger Besucher zu Hause, daher wusste ich nicht viel über die Entwicklungen.

Meine Mutter hatte ihren Ruhestand im Voraus geplant. Sie hatte eine kleine Gruppe bedürftiger Familien gegründet, deren Mitglieder durch verschiedene Aktivitäten dazu beitrugen, sich selbst zu erhalten. Diese Leute hatten ihre Selbsthilfegruppe gebildet, die kleine Mengen von essbaren Produkten herstellen würde, um auf dem Markt verkauft zu werden. Einige Mitglieder waren auch körperlich behindert. Sie stellten Geschenkartikel her, die in einigen Einzelhandelsgeschäften und online verkauft wurden. Meine Mutter hatte sich ganz in diese Tätigkeit vertieft.

Ich kam zwei Tage vor der Altersvorsorge nach Hause. Ich verbrachte nach fast drei Jahren Zeit mit meiner Familie. Die Entfernung von 150 km zwischen Pune und Mumbai war in den letzten 3 Jahren zu Lichtjahren geworden und ich musste eine interstellare Reise unternehmen, um meine Familie kennenzulernen.

Als ich Mama sah, konnte ich sie nicht erkennen. Meine Mutter war in den letzten 3 Jahren Jahrzehnte gealtert, mit wenig oder gar keiner Hoffnung in ihren Augen. In der sozialen Gruppe, die sie gebildet hatte, ging es nur darum, ihr den Sinn zu geben, zu leben. Ich sah auch die Enttäuschung in ihren Augen über mich. Ich fragte mich: "Habe ich sie so enttäuscht, dass meine Mutter ihren Sinn im Leben verloren hat?"

Ich konnte nicht anders, als ihr die gleiche Frage zu stellen.

"Was ist los mit Life Mom? Du bist überhaupt nicht glücklich, mich nach Hause kommen zu sehen. Du steckst immer noch im selben Teufelskreis von Erwartungen und Enttäuschungen. Du trittst in eine neue Lebensphase ein und ich sehe, du hast bereits einen guten Start gemacht. Warum kannst du dich nicht freuen und glücklich darüber sein?"

"Meine Sorgen sind viel schmerzhafter als meine Freuden und sie spiegeln sich in meinen Augen wider. Ich war schon immer ein Familienmensch. Ich habe meine Familie und meine Großfamilie mein ganzes Leben lang unterstützt. Und jetzt unterstütze ich diese Leute. Sie sind ein Teil meines Lebens. Das ist alles, was ich tun kann. Es gibt nicht viel im Leben als das."

"Aber ist das nicht gut genug? Das ist jetzt deine Familie. Warum sich dann Sorgen machen?"

"Ich mache mir Sorgen um dich, Sohn. Wir strebten immer nach unserer Familie und hielten unsere Beziehungen aufrecht und bauten sogar neue auf. Ich habe so viele Menschen um mich herum, selbst in diesem Alter. Ich habe meine Freunde, meine Verwandten und jetzt diese neuen Beziehungen. Wen haben Sie? Ich weiß nicht, was du vom Leben willst. Ich hoffe nur, du hast es herausgefunden, weil ich keine Kraft mehr in mir habe, um zu sehen, wie du Tag für Tag mit deinem Job und deinen Beziehungen kämpfst."

"Hängen wir immer noch an den gleichen Problemen? Können wir nicht einfach im Leben weitermachen?"

"Wo soll ich weitermachen? Und wo muss ich jetzt hin? Ich bin da, wo ich bin. Ich hoffe nur, dass du dich bald zurechtfindest..........

Wir haben unser Bestes getan, um Sie zu erziehen, zu erziehen und zu fördern. Wir hätten wirklich nicht mehr tun können. Und vertrau mir, wenn wir etwas tun könnten, hätten wir es bereits getan. Es scheint, dass unser Bestes nicht gut genug war. Wir haben vielleicht einige Fehler gemacht, das leugne ich nicht. Aber das war alles, was wir tun konnten, Beta."

Ihre Augen waren neblig, aber die Tränen rollten nicht.

„Nilu amma. Khali vaat pahat ahet."

(Nilu amma. Die Leute warten unten.) Jemand rief von unten an.

"Ho yete."

(Ich komme)

Als ich sie mit hängenden Schultern gehen sah, sah ich nicht meine Mutter, die eine selbstbewusste, fleißige, rechtschaffene und hartnäckige Dame war, sondern eine müde, enttäuschte Frau; enttäuscht vom Leben und den Entscheidungen ihres Sohnes. Die Kluft zwischen Erwartungen und Realität hatte sich viel zu sehr vergrößert. Ehrlich gesagt, sie war von innen tot. Ihre Träume waren verkohlt und ich konnte die Asche sehen.

Das Alter sollte den Abschluss bringen. Aber sie steckte in einer Zeitschleife fest, in der Enttäuschungen alle anderen Aspekte ihres Lebens überschatteten. Ich glaube, die Leute sollten anfangen, andere Menschen so zu akzeptieren, wie sie sind. Du kannst nicht erwarten, dass die Dinge genau so laufen, wie du es geplant hast. Tatsächlich passiert nichts nach Plan und deshalb ist das Leben ein Abenteuer.

Wenn jemand finanziell nicht kämpft, bedeutet das nicht, dass er oder sie keine anderen Kämpfe hat. Menschen fummeln, sie machen Fehler, sie fallen ...aber es ist wichtig, wieder aufzustehen. Wenn sie wieder auferstehen können, sind sie in der Tat erfolgreich. Erfolg ist ein relativer Begriff.

Am nächsten Tag in der Altersvorsorge wurde ich gebeten, ein paar gute Worte über meine Mutter zu sagen. Wie immer fehlten mir die Worte. Ich wünschte, ich hätte mein Herz ausschütten können, aber meine Rede wurde zu einer bloßen Formalität, wie die Beziehung zu meiner Mutter.

„Ich möchte mich bei allen bedanken, die meine Mutter auf ihrer Reise unterstützt haben. Es gibt so viel, was ich sagen möchte, aber Worte lassen mich heute im Stich. Alles, was ich sagen kann, ist, sorry. Tut mir leid, dass du nicht der Sohn werden konntest, den du dir gewünscht hast, und danke, dass du die perfekten Eltern bist. Ich habe mein Bestes gegeben, um deinen Erwartungen gerecht zu werden, aber ich war nicht nur gut genug. Es tut mir aufrichtig leid, dass ich dich im Stich gelassen habe."

Ich konnte nicht weiter sprechen. Ich verließ den Veranstaltungsort.

Ich bin danach nicht nach Hause zurückgekehrt. Ich spürte, dass meine Mutter bereits von innen tot war. Bis zu einem gewissen Grad war ich zu beschuldigen. Meine Entscheidungen waren nicht konventionell. Ich erfuhr von ihrem sich verschlechternden Gesundheitszustand. Aber ich bin nie zurückgekehrt. Ich fürchtete den Blick in ihren Augen, der vermittelte: "Wenn du ein besserer Sohn wärst, hätte ich den Willen zu leben".

Ich war ein böser Sohn.

Endlich war es an der Zeit, das zu akzeptieren.

Kapitel 28

Ich habe meinen Job bei der Bank aufgegeben.

Stabilität ist nicht mein Ding. Ich gehe einfach mit dem Strom. Als ich Pune verließ, endete auch meine Beziehung zu Mitali. Die Hitze in unserer körperlichen Intimität hatte vor langer Zeit abgenommen. Sie hatte sich zu einer Person entwickelt, die mehr Stabilität und Sicherheit von ihrem Partner brauchte. Sie fand jemanden, der ihr das geben konnte. Sie kam mir entgegen, bevor ich Pune verließ.

"Yash, ich möchte, dass du glücklich in deinem Leben bist."

"Ja, ich werde es eines Tages sein. Unfertige Erzeugnisse." Ich lächelte

"Und schau, ob meine Entscheidung dir in irgendeiner Weise wehgetan hat..." Ich unterbrach sie, bevor sie fertig war.

"Ganz und gar nicht, du bist eine großartige Person, Mitali. Du verdienst alles Glück der Welt. Ich werde dir immer alles Gute im Leben wünschen und dich mit größtem Respekt in Erinnerung behalten."

"Pass auf dich auf, Yash. Vielleicht musst du etwas langsamer werden."

Ich befand mich wieder in der Lebensphase, die als "Arbeitslosigkeit" bezeichnet wurde.

Ich verließ meinen Bankjob und beschloss, nach Mumbai zurückzukehren. Ich beschloss, nicht nach

Hause zurückzukehren. Stattdessen teilte ich eine Wohnung mit einem von Mahis Freunden von der Arbeit. Meine Ersparnisse waren niedrig, aber ich glaubte, dass ich trotz der Kosten 3-4 Monate durchhalten konnte. Meine vierjährige Amtszeit in Pune lehrte mich, meine inländischen Ausgaben sehr gut zu verwalten. Ich war in meinen 30ern und arbeitslos. Diese Phase hatte ich schon zu oft im Leben gesehen.

Ich wollte einen Neuanfang im Leben machen (ja, wieder!).

Also war ich mit der Hoffnung nach Mumbai zurückgekehrt, einen neuen Job zu bekommen. Ich hatte reichlich Erfahrung und sogar mein Netzwerk war inzwischen gewachsen. Ich war viel selbstbewusster als vor einem Jahrzehnt, als ich aus Kalkutta weggelaufen war. Aber wie immer hatte das Leben noch etwas anderes auf Lager. Ich habe mich immer wieder beworben und bin zu Vorstellungsgesprächen erschienen, aber nichts ist zustande gekommen. Ich fing an, Leute um einen Job zu bitten.

Die wirtschaftliche Situation hatte sich durch die Einführung der GST verschlechtert, die laut Ökonomen nicht so strukturiert war, dass sie in den aktuellen Status der indischen Wirtschaft passte. Viele kleine Unternehmen, die sich nach der Demonetarisierung bereits in der Flaute befanden, waren nach der GST tot und begraben.

Einige der E-Mails, die ich an die Personalabteilung von Unternehmen geschickt habe, lasen...

"Ich bin Yash Kalshekhar, ein Ingenieur + MBA-Absolvent mit 4 Jahren Marketingerfahrung im Bankbereich, 5 Jahren Kampagnen- und Eventmanagement-Erfahrung. Ich bin bereit, für ein paar Monate kostenlos zu arbeiten. Sie dürfen mich nur dann für eine Beschäftigung in Betracht ziehen, wenn Sie mit meiner Leistung in diesen paar Monaten zufrieden sind. Ich brauche eine Plattform, um meinen Wert zu beweisen, und ich bin zuversichtlich, ein Gewinn für Ihr Unternehmen zu sein."

Ich hatte den gleichen Status auf meinem LinkedIn-Profil aktualisiert und einer der Mitbegründer der Peace Foundation, Varun, hat sich mit mir verbunden.

Varun war nun mit einem neuen sozialen Unternehmen namens Humanists verbunden, das sich für Menschenrechte einsetzte und diejenigen rechtlich unterstützte, die unter falschen Anschuldigungen von Regierungsmaschinen inhaftiert wurden. Sie arbeiteten auch als Pädagogen in ländlichen Gebieten.

Varun war praktisch und hatte keine politischen Zugehörigkeiten. Ich war überrascht, ihn in einer linkszentrischen Aufstellung zu sehen. Varun bot mir einen Job im Bildungsbereich an. Wir sollten die Schulen stärken, die von der Verwaltung ignoriert wurden.

Ich fragte Varun, wie er in dieses Setup gekommen sei.

Er antwortete: "Ich wollte etwas tun, das mein Gewissen ansprach, auch wenn es bedeutete, dass ich weniger verdiente als zuvor oder nicht die gleiche soziale Statur wie mein vorheriger Job genoss."

Dies fasste den Sinn des Lebens der Kinder der 90er Jahre zusammen.

Sie wollten ihr Leben mit gutem Gewissen leben. Das war genau das, was wir alle anstrebten. Ich war Varun dankbar. Er öffnete meinem Gewissen einen Weg.

Ich musste langsamer werden. Aber für wen? Sharvari war immer für mich da, aber sie war sehr weit weg. Sie hatte mich in die USA eingeladen, um dort ihren Lebensunterhalt zu verdienen. Aber im Gegensatz zu den meisten Indianern suchte ich nicht den amerikanischen Traum. Ich war mit der Art der Arbeit, die ich tat, zufrieden. Ich musste mich nur stabilisieren.

Sharvari kommt einmal im Jahr nach Indien. Diese Zeit ist für mich bestimmt. Wir genießen die Anwesenheit des anderen und teilen unsere Wärme, indem wir alle gesellschaftlichen Barrieren überwinden. Wir haben es geschafft, eine eigene Welt zu schaffen. Wir sind seit einigen Jahren stark. Ich war in keiner anderen Beziehung nach Mitali. Ich hatte das Gefühl, nicht für eine polyamore Beziehung geschaffen zu sein.

Als ich erfuhr, dass Mama weitergezogen ist, war ich, gelinde gesagt, schockiert. Aber um ehrlich zu sein. Ich habe es erwartet.

Wir, die Kinder der 90er Jahre, wurden zu Robotern erzogen, aber am Ende waren wir Menschen.

Wir sind fehlerhaft, wir sind exzentrisch und wir sind verletzlich, aber unser Herz ist am richtigen Ort.

Wir haben erwartet, dass unsere Eltern das verstehen. Ist es zu viel verlangt?

Kapitel 29

Also hier sitze ich vor Ihnen in einer Intervention nach 15 Tagen.

Ich bin dankbar für die Bemühungen, die ihr beide unternommen habt, um mein Tagebuch durchzugehen, und danke besonders der Tante Sandhya. Du hattest recht. Ich musste mich wirklich ausdrücken. Ich fühle mich jetzt viel besser, wissend, dass ihr jetzt alles über mich wisst. Ihr mögt mit meinen Lebensentscheidungen nicht einverstanden sein, aber das ist es, was es ist.

"Yash, wir sind froh, dass du dich geöffnet hast. Ich werde keine Partei ergreifen, weder deine noch Nilus. Dies hätte jedoch mit mehr Einfühlungsvermögen von Ihrer Seite gehandhabt werden können. Sie haben das Recht, das Leben nach Ihrer Wahl zu leben. Gleichzeitig bedeutet dies nicht, dass das, was deine Eltern von dir erwartet haben, falsch war.

Wir hatten ein hartes Leben, aber das bedeutet sicherlich nicht, dass das Leben für euch ein Kinderspiel war. Das Leben ist ziemlich lang und mit der Zeit wirst du es klären. Aber denk daran, dass dein Vater jetzt allein ist. Vergiss das nicht."

Sandhya begann zu gehen. Alle anderen, einschließlich Niranjan, sind gegangen. Jetzt ging es nach Arvind, Yash und Gajju. Yash beschloss, für seinen Vater zurückzubleiben. Inmitten der ständigen Auseinandersetzungen mit seiner Mutter litt sein Vater am meisten. Er distanzierte sich von dem Konflikt, der nur dazu führte, dass er sich von seinem Sohn distanzierte. Jetzt hatten sie nur noch die Möglichkeit, sich wieder zu verbinden.

Yash begann mehr Zeit zu Hause zu verbringen. Er erklärte seinem Vater seinen Beziehungsstatus und seine Komplexität. Er diskutierte seine Zukunftsperspektiven. Zum ersten Mal in seinem Leben konnte Yash ein normales Gespräch mit seinem Vater führen.

Sharvari kam in Mumbai an. Sie wollte einen Monat in Indien verbringen und die meiste Zeit war sie speziell für Yash reserviert. Arvind bat Yash, Sharvari nach Hause zu bringen.

Sharvari blieb bei Yash und seinem Vater. Die drei von ihnen gelierten gut. Arvind liebte Sharvari und behandelte sie wie eine Tochter, die er nie hatte. Yash und Sharvari wären in sich selbst verloren, völlig unbeeinflusst von den Regeln und Normen der Gesellschaft. Arvind akzeptierte ihre Beziehung trotz der Komplexität offen.

Als Vater wollte er, dass sein Sohn Sharvari heiratet, und er äußerte seinen Wunsch vor ihr.

"Sharvari, warum beruhigen du und Yash euch nicht?" Fragte Arvind unschuldig.

"Was meinst du damit, sich niederzulassen, Papa?" Sharvari antwortete in einem liebenswerten Ton.

"Ich meine, ihr beide müsst heiraten. Ihr kommt zurück und arbeitet hier. Ihr beide könnt ein gemeinsames Leben führen."

„Wir sind zusammen, Papa. Obwohl wir physisch getrennt sind, sind wir eins. Dieses Setup funktioniert für uns. Vertrau mir, Papa, wir sind glücklich."

"Ich hoffe, dass du für immer glücklich bleibst, egal für welche Form der Beziehung du dich entscheidest."

Der Monat flog wie wehender Wind an einem trockenen Tag vorbei. Es war Zeit für Sharvari, zurückzukehren. Arvind und Yash gingen zum Flughafen, um sie zu verabschieden. Yash und Sharvari hielten sich an den Händen, bis es Zeit für den Abschied war.

Sharvari überschritt das Tor und Yash starrte sie weiter an, bis sie aus seinen Augen verschwand. Arvind legte seinen Arm um Yash. Beide beschlossen, an diesem Abend etwas Besonderes zu tun.

Abends hatte Arvind Yash viel zu erzählen und Yash war ganz Ohr für ihn. Es war der Beginn der schönsten Phase in Yashs Leben. Das einzige Bedauern, das er hatte, war, dass er nie eine solche Kameradschaft mit seiner Mutter genossen hatte.

An diesem Tag fragte Yash Arvind,

"Papa, warum war Mama so schwer zu gefallen und stur?"

"Du warst auch stur, Beta. Du warst eigentlich schlimmer. Du hast dich auch nicht bewegt. Du warst doch ihr Sohn. Denke daran, dass der Apfel nicht weit vom Baum fällt "

"Du hast recht. Trotzdem hätte sie sich beruhigen können mit der Zeit und dem Alter. Aber sie tat es nicht. Ich habe auf diesen Tag gewartet, aber er ist nie angekommen."

"Beta...es ist eine lange Geschichte." "Welche Geschichte, Papa?"

„Die Geschichte unserer Generation"

Papa lächelte "DIE 60er-Jahre-Kinder"... wollen zuhören? "" Ja, sicher! Bitte! Ich würde gerne"

"Also los geht's...

Dies ist die Geschichte von Arvind und Nilima und wir sind DIE KINDER DER 60er JAHRE...

Von Herzen....

Da dies mein viertes Buch und meine zweite Fiktion ist, kann ich nicht ergründen, wem ich meine Dankbarkeit ausdrücken soll. Einige haben mir auf dieser Reise direkt geholfen, indem sie an meine Fähigkeit glaubten, meine Gedanken in Worte zu fassen. Einige haben meine Inhalte auf Social-Media-Plattformen gelesen und mich ermutigt, weiter zu schreiben. Einige haben mir in meinem Streben einfach wie mein Schatten zur Seite gestanden, obwohl ich nicht für sie da war.

Ein Buch zu schreiben bringt hin und wieder neue Herausforderungen mit sich. Aber der schwierigste Teil davon ist - die Zeit. Dein Buch ist deine Schöpfung und du musst es wie dein eigenes Kind pflegen. Und diese Pflege braucht Zeit. Infolgedessen konnte ich in dieser Zeit nicht genug Zeit mit meinen Freunden oder meinen erweiterten Familienmitgliedern verbringen. Manchmal habe ich nicht einmal auf viele Anrufe von meinen Lieben geantwortet, da ich mich in einer völlig anderen Zone befand. Daher möchte ich mich aufrichtig bei allen entschuldigen, die versucht haben, mit mir in Kontakt zu treten, aber ich war für sie nicht erreichbar oder verfügbar.

Ich hatte dieses Buch fast aufgegeben. Ich steckte so fest, dass ich das Gefühl hatte, es würde nie das Licht des Tages erblicken. Da trat mein Redakteur Sonali ein und half mir, die Sackgasse zu durchbrechen. Danke, Sonali, dass du mein Buch wie dein eigenes behandelst und deiner Rolle als Redakteur in vollem Umfang gerecht wirst.

Ich möchte mich besonders bei allen Mitgliedern meines MAHABANK PARIVAAR dafür bedanken, dass sie mich mit so viel Liebe überschüttet und mich mit meinen Fehlern und Unzulänglichkeiten akzeptiert haben.

Schließlich danke ich meinen Eltern dafür, dass sie meinen Wahnsinn toleriert haben.

Über den Autor...

Prathamesh Malaikar, ein Einwohner von Navi Mumbai, ist Ingenieur und MBA von Qualifikation und Bankier von Beruf.

Seine Zugehörigkeit zur Literatur treibt ihn jedoch in diese Richtung. Er ist ein mehrsprachiger Schriftsteller und hat 3 Bücher zu verdanken. Er ist Träger der Sahitya Kosh Sanman 2022 und der Tagore Commemoration Honour 2022.

Sein erstes Buch, Meri Shayari, Mera Samaj, ist eine Sammlung seiner Hindustani-Gedichte über menschliche Emotionen und das sozialpolitische Szenario um uns herum.

Sein zweites Buch mit dem Titel Loving our Constitution ist ein Sachbuch, das auf seiner persönlichen Erforschung der Geschichte der indischen Verfassung basiert.

Ideologiegetriebene Politik war schon immer sein Kerninteresse. Mit seiner Kurzgeschichte Love & Sedition erschafft er eine fiktive Welt, in der Ideologie und Politik aufeinanderprallen und die Liebe zum Opfer wird.

The 90s Kid : Diary of a Lost Generation ist sein viertes Buch und seinem Herzen am nächsten.

www.ingramcontent.com/pod-product-compliance
Lightning Source LLC
LaVergne TN
LVHW041911070526
838199LV00051BA/2582